⼘尺丹几乙し丹⼘と

Translated Language Learning

Alices Abenteuer im Wunderland

Alice Harikalar Diyarında Maceraları

Lewis Carroll

Deutsch / Türkçe

Copyright © 2024 Tranzlaty

All rights reserved

Published by Tranzlaty

ISBN: 978-1-83566-788-0

Original text: Alice's Adventures in Wonderland
by Lewis Carroll (1865)

Abridged by Sam'l Gabriel Sons (1916)

www.tranzlaty.com

Runter in den Kaninchenbau
Tavşan Deliğinden Aşağı

Alice fing an, sehr müde zu werden
Alice çok yorulmaya başlamıştı
Sie saß neben ihrer Schwester auf der Grasbank
Çimenlikte kız kardeşinin yanında oturuyordu
aber sie hatte nichts zu tun
Ama yapacak hiçbir şeyi yoktu
Ihre Schwester las ein Buch
Kız kardeşi kitap okuyordu
Ein- oder zweimal schaute Alice in das Buch
Alice bir ya da iki kez kitaba göz attı
aber das Buch enthielt keine Bilder oder Gespräche
Ama kitapta ne resim ne de konuşma vardı
"Was nützt ein Buch ohne Bilder?", dachte Alice
"Resimsiz bir kitap ne işe yarar ki?" diye düşündü Alice
"Warum sollte ein Buch keine Gespräche führen?"
"Bir kitapta neden hiç konuşma olmaz ki?"
Aber sie hatte noch andere Dinge zu bedenken
Ama düşünmesi gereken başka şeyler de vardı

"Es wäre ein Vergnügen, eine Kette aus Gänseblümchen zu machen"
"Papatyalardan zincir yapmak tam bir zevk olurdu"
"Aber lohnt es sich, aufzustehen und die Gänseblümchen zu pflücken??"
"Ama kalkıp papatyaları toplama çabasına değer mi?"
Das war nicht so leicht zu denken
Bunu düşünmek o kadar kolay değildi
weil sie sich an diesem Tag schläfrig und dumm fühlte
Çünkü gün onu uykulu ve aptal hissettiriyordu
aber plötzlich wurden ihre Gedanken unterbrochen
Ama aniden düşünceleri kesintiye uğradı
ein weißes Kaninchen mit rosa Augen lief nah an ihr vorbei
pembe gözlü bir Beyaz Tavşan yanına koştu

Es war nichts übermäßig Bemerkenswertes an dem Kaninchen
Tavşan hakkında aşırı dikkat çekici bir şey yoktu
und Alice fand das Kaninchen auch nicht bemerkenswert
ve Alice de tavşanın olağanüstü olduğunu düşünmüyordu
auch überraschte es sie nicht, als das Kaninchen sprach

Tavşan'ın konuşması da onu şaşırtmadı
»O je! Ich werde zu spät kommen!« sagte er zu sich selbst
"Ah canım! Çok geç kalacağım!" dedi kendi kendine
aber dann tat das Kaninchen etwas, was Kaninchen nicht tun
ama sonra Tavşan, tavşanların yapmadığı bir şey yaptı
das Kaninchen zog eine Uhr aus der Westentasche
Tavşan yeleğinin cebinden bir saat çıkardı
Er schaute auf die Uhr und eilte dann weiter
Saate baktı ve sonra aceleyle devam etti
Alice erhob sich erstaunt
Alice şaşkınlıkla ayağa kalktı
Sie hatte noch nie zuvor ein Kaninchen mit Weste gesehen!
Daha önce hiç yelekli bir tavşan görmemişti!
noch hatte sie je ein Kaninchen mit einer Uhr gesehen!
ne de saatli bir tavşan görmüştü!
Alice brannte vor neuer Neugierde
Alice yeni bir merakla yanıp tutuşuyordu
und sie rannte über das Feld hinter dem Kaninchen her
ve Tavşan'ın peşinden tarlada koştu
Sie kam gerade noch rechtzeitig, um das Kaninchen verschwinden zu sehen
Tavşanın ortadan kaybolduğunu görmek için tam zamanındaydı
Das Kaninchen hüpfte in einen großen Kaninchenbau hinab
Tavşan büyük bir tavşan deliğine atladı
Im nächsten Augenblick stürzte Alice hinter dem Kaninchen her!
Başka bir anda, Alice tavşanın peşinden gitti!
Der Kaninchenbau ging geradeaus wie ein Tunnel
Tavşan deliği bir tünel gibi dümdüz ilerledi
und der Tunnel ging noch eine Weile weiter
Ve tünel bir süre daha devam etti
und dann senkte sich der Weg plötzlich hinunter
Ve sonra yol aniden aşağı indi
Alice hatte keinen Augenblick, daran zu denken, ob sie sich zurückhalten sollte

Alice'in kendini durdurmayı düşünecek bir anı bile yoktu
Sie fiel hin und hinunter und hinunter
Kendini aşağı, aşağı ve aşağı düşerken buldu
Es schien, als sei sie in einen sehr tiefen Brunnen gefallen
Sanki çok derin bir kuyuya düşmüş gibiydi
Entweder war der Brunnen sehr tief, oder sie fiel sehr langsam
Ya kuyu çok derindi ya da çok yavaş düştü
denn sie hatte viel Zeit zum Fallen
Çünkü düşmek için bolca zamanı vardı
Als sie fiel, konnte sie sich umsehen
Düşerken etrafına bakabiliyordu
Zuerst versuchte sie herauszufinden, wohin sie ging
Önce nereye gittiğini anlamaya çalıştı
aber der Brunnen war zu dunkel, um etwas zu sehen
Ama kuyu hiçbir şey göremeyecek kadar karanlıktı
Dann blickte sie auf die Seiten des Brunnens
Sonra kuyunun kenarlarına baktı
Und sie bemerkte, dass überall um sie herum Schränke standen
Ve etrafında dolaplar olduğunu fark etti
und rings um den Brunnen waren Bücherregale
Ve kuyunun her tarafı kitap raflarıydı
Hier und da sah sie Karten und Bilder, die an Pflöcken hingen
Orada burada çivilere asılı haritalar ve resimler gördü
Im Vorbeigehen nahm sie ein Glas aus einem der Regale
Geçerken raflardan birinden bir kavanoz çıkardı
Das Glas wurde für seinen Inhalt gekennzeichnet
Kavanoz, içeriği için etiketlendi
"MARMELADE AUS ORANGEN"
"PORTAKALDAN YAPILAN MARMALADE"
Aber zu ihrer großen Enttäuschung war das Marmeladenglas leer
Ancak, büyük hayal kırıklığına uğramasına rağmen, marmelat kavanozu boştu
Sie wollte das leere Marmeladenglas nicht fallen lassen

Boş marmelat kavanozunu düşürmek istemedi
und ihr Fall war sehr langsam
Ve düşüşü çok yavaştı
So schaffte sie es, das Marmeladenglas in einen der
Schränke zu stellen
Böylece marmelat kavanozunu dolaplardan birine koymayı
başardı
Nieder, hinunter, hinunter fiel sie!
Aşağı, aşağı, aşağı düşüyor!
Würde der Fall jemals ein Ende haben?
Düşüş hiç sona erecek miydi?
Es gab nichts anderes zu tun
Yapacak başka bir şey yoktu
so fing Alice bald an, mit sich selbst zu reden
bu yüzden Alice kısa süre sonra kendi kendine konuşmaya
başladı
»Dinah wird mich heute abend sehr vermissen, sollte ich
meinen!«
"Dinah bu gece beni çok özleyecek, sanırım!"
Dinah war Alices Katze
Dina, Alice'in kedisiydi
»Ich hoffe, sie werden sich an ihre Untertasse mit Milch zur
Teezeit erinnern.«
"Umarım çay saatinde onun süt tabağını hatırlarlar"
»Dinah, meine Liebe, ich wünschte, du wärst hier unten bei
mir!«
"Dinah, canım, keşke burada benimle olsaydın!"
Alice fühlte, als würde sie einschlafen
Alice uyukladığını hissetti
Und dann plötzlich, dumpf! Bums!
Ve sonra aniden, gümbür gümbür! Yumruk!
Sie fiel auf einen Haufen Stöcke
Aşağı bir sopa yığınının üzerine düştü
und sie landete auf einem Haufen trockener Blätter
Ve bir kuru yaprak yığınının üzerine indi
Und endlich war der lange Sturz in das Loch vorbei
Ve nihayet delikten aşağı uzun düşüş sona erdi

Alice war kein bisschen verletzt
Alice biraz incinmedi
und sie sprang in einem Augenblick auf
Ve bir an içinde ayağa fırladı
Sie blickte auf, aber es war alles dunkel über ihr
Yukarı baktı ama her yer karanlıktı
Vor ihr lag ein weiterer langer Korridor
Önünde uzun bir koridor daha vardı
und das weiße Kaninchen war noch in Sicht
ve Beyaz Tavşan hala görüş alanındaydı
Er eilte den Korridor hinunter
Koridorda aceleyle ilerliyordu
Es war kein Augenblick zu verlieren
Kaybedilecek bir an bile yoktu
davonlief Alice wie der Wind
Alice rüzgar gibi koştu
um die Ecke drehte sich das Kaninchen
Köşeyi dönünce tavşan döndü
Sie kam gerade noch rechtzeitig, um das Kaninchen zu hören
Tavşanı duymak için tam zamanındaydı
"Oh, meine Ohren und Schnurrhaare"
"Ah, kulaklarım ve bıyıklarım"
"Wie spät es wird!"
"Ne kadar geç oluyor!"
Sie war dicht hinter dem Kaninchen
Tavşanın hemen arkasındaydı
Sie bog um eine weitere Ecke
Başka bir köşeyi döndü
aber das Kaninchen war nicht mehr zu sehen
ama Tavşan artık ortalıkta görünmüyordu
Sie befand sich in einer langen, niedrigen Halle
Kendini uzun, alçak bir salonda buldu
Der Saal wurde von einer Reihe von Deckenlampen erleuchtet
Salon bir dizi tavan lambası ile aydınlatıldı
Überall im Saal gab es Türen

Salonun her yerinde kapılar vardı

aber alle Türen waren verschlossen

Ama bütün kapılar kilitliydi

Sie ging den ganzen Weg an der einen Seite des Flurs hinunter

Koridorun bir tarafından aşağıya doğru yürüdü

Und sie war den ganzen Weg auf der anderen Seite des Flurs hinaufgegegangen

Ve koridorun diğer tarafına kadar yürümüştü

Sie hatte jede Tür ausprobiert

Her kapıyı denemişti

Und sie ging traurig in der Mitte des Saales entlang

Ve üzgün bir şekilde salonun ortasından aşağı doğru yürüdü

"Wie komme ich da mal wieder raus?"

"Bir daha nasıl dışarı çıkacağım?"

Plötzlich stieß sie auf einen kleinen Tisch

Aniden küçük bir masaya rastladı

Der Tisch wurde komplett aus massivem Glas gefertigt

Masa tamamen masif camdan yapılmıştır

Auf dem Tisch lag nichts als ein winziger goldener

Schlüssel

Masanın üzerinde küçük bir altın anahtardan başka bir şey yoktu

Der Schlüssel könnte zu einer der Türen gehören!

Anahtar kapılardan birine ait olabilir!

Aber ach! Einige der Schlösser waren zu groß für die Schlüssel

Ama ne yazık ki! Bazı kilitler anahtarlar için çok büyüktü

und für die anderen Schlösser war der Schlüssel zu klein

Ve diğer kilitler için anahtar çok küçüktü

aber auf jeden Fall öffnete der Schlüssel keine der Türen

Ama her halükarda, anahtar kapıların hiçbirini açmadı

Aber was sollte sie tun?

Ama ne yapacaktı?

Sie ging wieder durch den Saal

Tekrar koridordan geçti

Und diesmal bemerkte sie einen niedrigen Vorhang

Ve bu sefer alçak bir perde fark etti

Hinter dem Vorhang war eine kleine Tür

Perdenin arkasında küçük bir kapı vardı

Die Tür war etwa fünfzehn Zoll hoch

Kapı yaklaşık on beş inç yüksekliğindeydi

Sie probierte den kleinen goldenen Schlüssel im Schloss aus

Kilitteki küçük altın anahtarı denedi

Und zu ihrer großen Freude passte der Schlüssel ins Schloss!

Ve onun büyük zevkine göre, anahtar kilide sığdı!

Alice öffnete die Tür

Alice kapıyı açtı

und sie fand, daß die Tür in einen kleinen Korridor führte

Ve kapının küçük bir koridora açıldığını gördü

Der Korridor war nicht viel größer als ein Rattenloch

Koridor bir fare deliğinden çok daha büyük değildi

Sie kniete nieder und blickte den Korridor entlang

Diz çöktü ve koridor boyunca baktı

Und sie sah den schönsten Garten, den du je gesehen hast

Ve o şimdiye kadar gördüğün en güzel bahçeyi gördü

wie sehr sie sich danach sehnte, aus dieser dunklen Halle

herauszukommen

O karanlık salondan çıkmayı ne kadar çok istiyordu

wie sie sich wünschte, zwischen diesen leuchtenden Blumen zu wandern

O parlak çiçeklerin arasında nasıl da dolaşmak istiyordu

Wie cool die Erfrischung dieser Brunnen aussah

Bu çeşmeler ne kadar havalı ve ferahlatıcı görünüyordu

aber sie konnte nicht einmal ihren Kopf durch die Tür stecken

Ama başını bile kapıdan içeri sokamıyordu

»Oh,« sagte Alice traurig

"Ah," dedi Alice kederli bir şekilde

»wie sehr wünschte ich, ich könnte mich zusammenfalten wie ein Fernrohr!«

"Keşke bir teleskop gibi katlanabilseydim!"

"Ich glaube, ich könnte mich zusammenfalten wie ein Teleskop"

"Teleskop gibi katlanabileceğimi düşünüyorum"

"Wenn ich nur wüsste, wie ich anfangen sollte"

"Keşke nasıl başlayacağımı bilseydim"

Alice ging zurück an den Tisch

Alice masaya geri döndü

Es bestand die Möglichkeit, einen weiteren Schlüssel zu finden

Başka bir anahtar bulma şansı vardı

Oder es gibt ein Buch mit Regeln

Ya da bir kurallar kitabı olabilir

Das Buch könnte ihr sagen, wie man sich wie ein Teleskop zusammenfaltet

Kitap ona bir teleskop gibi nasıl katlanacağını anlatabilirdi

Diesmal fand sie ein Fläschchen

Bu sefer küçük bir şişe buldu

"Diese Flasche war gewiß vorher nicht hier," sagte Alice

"Bu şişe kesinlikle daha önce burada değildi," dedi Alice

Und um den Flaschenhals war ein Papieretikett gebunden

ve şişenin boynuna bağlı bir kağıt etiket vardı

Das Etikett war wunderschön in großen Buchstaben

gedruckt

Etiket büyük harflerle güzel bir şekilde basılmıştır

"TRINK MICH"

"BENI IÇ"

»Nein, ich werde erst nachsehen«, sagte sie

"Hayır, önce ben bakacağım" dedi

"Ich werde sehen, ob die Flasche als giftig gekennzeichnet ist oder nicht."

"Şişenin zehirli olarak işaretlenip işaretlenmediğini göreceğim"

weil sie die Lektion über das Gift nie vergessen hat

Çünkü zehirle ilgili dersi asla unutmadı

"Wenn eine Flasche als giftig gekennzeichnet ist, wird sie Ihnen bestimmt nicht zustimmen"

"Bir şişe zehirli olarak etiketlenirse, sizinle aynı fikirde olmaması kaçınılmazdır"

Diese Flasche war jedoch nicht als giftig gekennzeichnet

Ancak, bu şişe zehirli olarak işaretlenmedi

so wagte Alice es, den Inhalt der Flasche zu kosten

bu yüzden Alice şişenin içeriğini tatmaya cesaret etti

Sie fand die Flüssigkeit ganz nach ihrem Geschmack

Sıvıyı oldukça beğenisine göre buldu

Das Getränk hatte einen gemischten Geschmack

İçeceğin bir çeşit karışık tadı vardı

Kirschkuchen, Vanillepudding und Ananas

Vişneli tart, muhallebi ve ananas

Gebratener Truthahn, Toffee und Toast mit heißer Butter

Hindi, şekerleme ve sıcak tereyağı ile kızarmış ekmek

und bald trank sie die Flasche aus

Ve kısa süre sonra şişeyi bitirdi

"Was für ein merkwürdiges Gefühl!" sagte Alice

"Ne tuhaf bir duygu!" dedi Alice

"Ich klappe mich zusammen wie ein Teleskop!"

"Teleskop gibi katlanıyorum!"

Und sie faltete sich tatsächlich zusammen wie ein Teleskop!

Ve gerçekten de bir teleskop gibi katlanıyordu!

Sie war jetzt nur noch zehn Zentimeter groß

Şimdi sadece on santim boyundaydı
und ihr Gesicht erhellte sich bei ihren Gedanken
Ve yüzü düşünceleriyle aydınlandı
Jetzt hatte sie die richtige Größe für das Türchen
Şimdi küçük kapı için doğru boyuttaydı
Jetzt konnte sie in diesen schönen Garten gehen
Artık o güzel bahçeye girebilirdi
Bald hörte sie auf, kleiner zu werden
Kısa süre sonra küçülmeyi bıraktı
Sie beschloß, sofort in den Garten zu gehen
Hemen bahçeye çıkmaya karar verdi
aber wehe der armen Alice!
ama ne yazık ki zavallı Alice!
Sie kam zur Tür
Kapıya geldi
Aber sie hatte den kleinen goldenen Schlüssel vergessen
Ama o küçük altın anahtarı unutmuştu
Sie ging zurück zum Tisch, um den Schlüssel zu holen
Anahtar için masaya geri döndü
aber sie merkte, daß sie nicht hoch genug greifen konnte
Ama yeterince yükseğe ulaşamadığını fark etti
Sie konnte den Schlüssel ganz deutlich durch das Glas sehen
Anahtarı camdan oldukça net bir şekilde görebiliyordu
Sie versuchte, die Beine des Tisches hinaufzuklettern
Masanın bacaklarına tırmanmaya çalıştı
Aber das Glas war viel zu rutschig
ama cam çok kaygandı
Irgendwann erschöpfte sie sich mit dem Versuch
Sonunda denemekten kendini yordu
Und das arme kleine Mädchen setzte sich hin und weinte
Ve zavallı küçük kız oturdu ve ağladı
Alice sprach ziemlich scharf mit sich selbst
Alice kendi kendine oldukça sert bir şekilde konuştu
"Komm, es hat keinen Zweck, so zu weinen!"
"Gel, böyle ağlamanın faydası yok!"
"Ich rate dir, gleich aufzuhören!"

"Şu anda durmanı tavsiye ederim!"
Sie gab sich im Allgemeinen sehr gute Ratschläge
Genelde kendine çok iyi tavsiyeler verirdi
obwohl sie nur sehr selten ihren eigenen Rat befolgte
Yine de çok nadiren kendi tavsiyesine uydu
und sie war manchmal zu streng mit sich selbst
Ve bazen kendine karşı çok sertti
und ihre Worte trieben ihr Tränen in die Augen
Ve sözleri gözlerine yaş getirdi
Bald fiel ihr Blick auf einen kleinen Glaskasten
Kısa süre sonra gözü küçük bir cam kutuya takıldı
Der kleine Glaskasten lag unter dem Tisch
Küçük cam kutu masanın altında yatıyordu
In dem Glaskasten befand sich ein sehr kleiner Kuchen
Cam kutunun içinde çok küçük bir pasta vardı
Auf dem Kuchen waren einige Worte schön geschrieben
Pastanın üzerine bazı kelimeler çok güzel yazılmıştı
die Worte waren in Johannisbeeren markiert worden
Kelimeler kuş üzümü ile işaretlenmişti
"MICH ESSEN"
"Ye beni"
"Nun, ich werde den Kuchen essen," sagte Alice
"Pekala, pastayı yiyeceğim," dedi Alice
**"Und wenn mich der Kuchen größer werden lässt, kann ich
den Schlüssel erreichen"**
"ve eğer pasta beni büyütürse, anahtara ulaşabilirim"
**"Und wenn mich der Kuchen kleiner werden lässt, kann ich
unter die Tür kriechen"**
"ve eğer pasta beni küçültürse, kapının altına sürünebilirim"
"Also so oder so komme ich in den Garten"
"yani her iki durumda da bahçeye gireceğim"
"Und es ist mir egal, was von beidem passiert!"
"ve ikisinden hangisinin olduğu umurumda değil!"
Sie aß ein wenig von dem Kuchen
Pastadan biraz yedi
und sie sprach ängstlich zu sich selbst:
Ve endişeyle kendi kendine konuştu:

"In welche Richtung? In welche Richtung?"
"Hangi taraftan? Hangi taraftan?"
und sie hielt die Hand auf den Kopf
Ve elini başının üzerinde tuttu
Sie wollte spüren, in welche Richtung sie wuchs
Hangi şekilde büyüdüğünü hissetmek istedi
Sie war ganz überrascht, als sie erfuhr, was geschehen war
Ne olduğunu öğrenince oldukça şaşırdı
Sie war gleich groß geblieben!
Aynı boyutta kalmıştı!
Also verdoppelte sie dieses Mal ihre Bemühungen
Bu yüzden bu sefer çabalarını ikiye katladı
Und bald war der ganze Kuchen fertig
Ve kısa süre sonra bütün pastayı bitirdi

Der Pool der Tränen
Gözyaşı Havuzu

"Das wird immer interessanter!" rief Alice

"Bu gittikçe daha ilginç hale geliyor!" diye bağırdı Alice

Man kann sehen, dass sie sehr überrascht war

Gördüğünüz gibi çok şaşırmıştı

"Ich öffne mich wie das größte Teleskop, das es je gab!"

"Şimdiye kadar var olan en büyük teleskop gibi açılıyorum!"

»Auf Wiedersehen, Füße! Oh, meine armen kleinen Füße"

"Güle güle ayaklar! Ah, benim zavallı küçük ayaklarım"

"Ich frage mich, wer euch jetzt die Schuhe anziehen wird, meine Lieben?"

"Acaba şimdi sizin için ayakkabılarınızı kim giyecek canlarım?"

»und ich frage mich, wer Ihre Strümpfe anziehen wird?«

"ve merak ediyorum çoraplarını kim giyecek?"

"Ich werde viel zu weit weg sein"

"Çok uzakta olacağım"

"Ich werde mich nicht mehr um dich kümmern können"

"Artık senin için kendimi rahatsız edemeyeceğim"

In diesem Augenblick schlug ihr Kopf gegen etwas

Tam o anda başı bir şeye çarptı

Sie hatte das Dach des Saales erreicht

Salonun çatısına ulaşmıştı

Tatsächlich war sie jetzt mehr als zwei Meter groß

Aslında, şimdi iki metreden daha uzundu

und sie ergriff sogleich den kleinen goldenen Schlüssel

Ve hemen küçük altın anahtarı aldı

und sie eilte zur Gartentür

Ve aceleyle bahçe kapısına gitti

Arme Alice! Es gab nicht viel, was sie tun konnte

Zavallı Alice! Yapabileceği pek bir şey yoktu

Sie legte sich auf die Seite

Bir tarafa uzandı

Und sie blickte mit einem Auge in den Garten hinein

Ve tek gözüyle bahçeye baktı

Aber durchzukommen war hoffnungsloser denn je

Ama üstesinden gelmek her zamankinden daha umutsuzdu
Sie setzte sich und fing wieder an zu weinen
Oturdu ve tekrar ağlamaya başladı
Sie fuhr fort, literweise Tränen zu vergießen
Galonlarca gözyaşı dökmeye devam etti
Bald war ein großer Pool um sie herum
Kısa süre sonra etrafında büyük bir havuz vardı
und das Wasser reichte bis zur Hälfte des Flurs
ve su koridorun yarısına kadar ulaştı
Nach einer Weile hörte sie ein leises Getrappel von Füßen
Bir süre sonra, küçük bir ayak pırıltısı duydu
Sie hörte die Füße aus der Ferne kommen
Uzaklardan gelen ayakların sesini duydu
Und sie trocknete sich hastig die Augen, um zu sehen, was kommen würde
Ve ne olacağını görmek için aceleyle gözlerini kuruladı
Es war das weiße Kaninchen, das zurückkehrte
Geri dönen Beyaz Tavşan'dı
Er war prächtig gekleidet
Muhteşem bir şekilde giyinmişti
Er hatte ein Paar weiße Handschuhe in der einen Hand
Bir elinde bir çift beyaz eldiven vardı
Und in der anderen Hand hatte er einen großen Federfächer
Diğer elinde de büyük bir tüy yelpaze vardı
Er kam in großer Eile dahergetrabt
Büyük bir telaşla tırıs tırıs geldi
und er murmelte vor sich hin: »Ach! die Herzogin, die Herzogin!«
ve kendi kendine mırıldandı, "Ah! Düşes, Düşes!"
»Ach! wird sie nicht wild sein, wenn ich sie habe warten lassen?«
"Eyvah! Onu bekletseydim vahşi olmaz mı?"

Als das Kaninchen in ihre Nähe kam, sprach Alice
Tavşan ona yaklaştığında Alice konuştu
aber sie sprach mit leiser, schüchterner Stimme
Ama alçak, ürkek bir sesle konuştu
"Sir, bitte hören Sie für einen Moment auf, was Sie tun"
"Efendim, lütfen bir an için yaptığınız şeyi durdurun"
Das Kaninchen erschrak heftig
Tavşan şiddetle irkildi
Er ließ die weißen Handschuhe und den Federfächer fallen
Beyaz eldivenleri ve tüy yelpazeyi düşürdü
und er eilte fort in die Dunkelheit, so schnell er konnte
Ve elinden geldiğince hızlı bir şekilde karanlığa doğru koştu
Alice hob den Federfächer und die Handschuhe auf
Alice tüy yelpazeyi ve eldivenleri aldı
Und sie fächelte sich immer wieder Luft zu, während sie sprach
Ve konuşmaya devam ederken kendini yelpazelemeye devam etti
»Liebes, liebes Kind! Wie seltsam ist das alles heute!"
"Canım, canım! Bugün her şey ne kadar garip!"

"Gestern ging es weiter wie bisher"
"Dün her şey her zamanki gibi devam etti"
"War ich heute Morgen noch so, als ich aufgestanden bin?"
"Bu sabah kalktığımda ben de aynı mıydım?"
**"Aber wenn ich nicht mehr derselbe bin, dann ist das eine
andere Frage"**
"Ama eğer aynı değilsem, başka bir soru var"
"Wer in aller Welt bin ich?"
"Dünyada ben kimim?"
"Ah, das ist das große Rätsel!"
"Ah, işte büyük bulmaca bu!"
Während sie das sagte, blickte sie auf ihre Hände hinunter
Bunu söylerken ellerine baktı
**Sie trug einen der kleinen weißen Handschuhe des
Kaninchens**
Tavşanların küçük beyaz eldivenlerinden birini giyiyordu
**Sie hatte nicht bemerkt, dass sie den Handschuh angezogen
hatte, während sie sprach**
Konuşurken eldiveni giydiğini fark etmemişti
"Wie konnte ich das machen?" dachte sie
"Bunu nasıl yapmış olabilirim?" diye düşündü
"Ich muss wieder klein werden"
"Yine küçülüyor olmalıyım"
Sie stand auf und ging zum Tisch, um ihre Größe zu messen
Ayağa kalktı ve boyunu ölçmek için masaya gitti
**Sie stellte fest, dass sie jetzt etwa einen halben Meter groß
war**
Şimdi yaklaşık yarım metre boyunda olduğunu fark etti
und sie schrumpfte immer noch schnell
Ve hala hızla küçülüyordu
**Bald fand sie heraus, was die Ursache für das Schrumpfen
war**
Kısa süre sonra küçülmenin sebebinin ne olduğunu öğrendi
Der Federfächer machte sie wieder kleiner!
Tüy fanı onu tekrar küçültüyordu!
Und sie ließ hastig den Federfächer fallen
Ve tüy fanını aceleyle düşürdü

Sie ließ den Federfächer gerade noch rechtzeitig fallen, um sich zu retten

Kendini kurtarmak için tüy fanını tam zamanında düşürdü

Hätte sie sich noch länger Luft zugefächelt, wäre sie völlig zusammengeschrumpft

Kendini daha fazla havalandırsaydı, tamamen küçülürdü

»Das war ein knappes Entkommen!« sagte Alice

"Kıl payı bir kaçış oldu!" dedi Alice

und sie erschrak sehr über die plötzliche Veränderung

Ve bu ani değişimden çok korkmuştu

aber sie war sehr froh, daß sie noch da war

Ama kendini hala var olduğu için çok mutluydu

"Und jetzt ab in den Garten!"

"Ve şimdi, bahçeye!"

Und sie lief mit aller Geschwindigkeit zurück zu der kleinen Tür

Ve tüm hızıyla küçük kapıya geri döndü

Aber ach! Das Türchen wurde wieder geschlossen

Ama ne yazık ki! Küçük kapı tekrar kapandı

Und das goldene Schlüsselchen lag wieder auf dem Glastisch

Ve küçük altın anahtar yine cam masanın üzerinde yatıyordu

"Es ist schlimmer als je!" dachte das arme Kind

"Her şey her zamankinden daha kötü," diye düşündü zavallı çocuk

"So klein war ich noch nie, niemals!"

"Daha önce hiç bu kadar küçük olmamıştım, asla!"

Bei diesen Worten rutschte ihr Fuß aus

Bu sözleri söylerken ayağı kaydı

Und im nächsten Augenblick gab es ein großes Plätschern!

Ve başka bir anda büyük bir sıçrama oldu!

Sie stand bis zum Kinn im Salzwasser

Çenesine kadar tuzlu suyun içindeydi

Ihre erste Idee war, dass sie irgendwie ins Meer gefallen war

İlk fikri, bir şekilde denize düştüğüydü

Sie erkannte jedoch bald, worin sie sich befand

Ancak kısa süre sonra ne içinde olduğunu anladı

Sie war in einer Tränenlache
Gözyaşı havuzunun içindeydi
die Tränen, die sie geweint hatte, als sie zwei Meter groß war
İki metre boyunda olduğu zaman döktüğü gözyaşları

In diesem Augenblick hörte sie etwas
Tam o sırada bir şey duydu
Etwas plätscherte im Pool herum
Havuzda bir şey sıçrıyordu
Das Plätschern kam aus einiger Entfernung
Sıçrama biraz öteden geldi
und sie schwamm näher, um zu sehen, was das Plätschern war
Ve su sıçramasının ne olduğunu görmek için daha da yaklaştı
Bald sah sie, dass es nur eine kleine Maus war
Kısa süre sonra onun sadece küçük bir fare olduğunu gördü

Auch die kleine Maus war ins Wasser geschlüpft
Küçük fare de suya girmişti
Alice dachte bei sich über die Situation nach
Alice kendi kendine durum hakkında düşündü
"Würde es etwas nützen, mit dieser Maus zu sprechen?"
"Bu fareyle konuşmanın bir faydası olur mu?"
"Hier unten steht alles auf dem Kopf"
"Burada her şey çok tepetaklak"
"Ich denke, es ist sehr wahrscheinlich, dass diese Maus sprechen kann."
"Bu farenin konuşabilme ihtimalinin çok yüksek olduğunu düşünmeliyim"
"Es schadet jedenfalls nicht, es zu versuchen"
"Her halükarda denemekten zarar gelmez"
Also begann sie zu versuchen, mit der Maus zu sprechen
Bu yüzden fareyle konuşmaya başladı
"Oh Maus, kennst du den Weg aus diesem Pool?"
"Ah Fare, bu havuzdan çıkış yolunu biliyor musun?"
"Ich bin es leid, hier herumzuschwimmen, oh Maus!"
"Burada yüzmekten çok yoruldum, Ah Fare!"
Die Maus schaute sie ziemlich neugierig an
Fare ona oldukça meraklı bir şekilde baktı
Die Maus schien mit einem ihrer kleinen Augen zu blinzeln
Fare küçük gözlerinden biriyle göz kırpıyor gibiydi
Aber die kleine Maus sagte nichts
Ama küçük fare hiçbir şey söylemedi
"Vielleicht versteht die Maus kein Englisch!" dachte Alice
"Belki de fare İngilizceyi anlamıyordur," diye düşündü Alice
"Ich wage zu behaupten, es ist eine französische Maus"
"Bunun bir Fransız faresi olduğunu söylemeye cüret ediyorum"
"Vielleicht kam diese Maus mit Wilhelm dem Eroberer herüber"
"belki de bu fare Fatih William ile birlikte geldi"
Also fing sie wieder an, auf Französisch
Bu yüzden tekrar başladı, Fransızca
"Wo ist meine Katze?", fragte sie auf Französisch

"Kedim nerede?" diye Fransızca sordu
es war der erste Satz in ihrem französischen Unterrichtsbuch
Fransızca ders kitabındaki ilk cümleydi
Die Maus machte einen plötzlichen Sprung aus dem Wasser
Fare sudan ani bir sıçrayış yaptı
Und die Maus schien am ganzen Leibe vor Schreck zu zittern
Ve fare korkudan titriyor gibiydi
"Oh, ich bitte um Verzeihung!" rief Alice hastig
"Ah, özür dilerim!" diye bağırdı Alice aceleyle.
Sie fürchtete, sie habe die Gefühle des armen Tieres verletzt
Zavallı hayvanın duygularını incittiğinden korkuyordu
"Ich habe ganz vergessen, dass du keine Katzen magst"
"Kedileri sevmediğini unuttum"
"Ich mag keine Katzen!" rief die Maus mit schriller, leidenschaftlicher Stimme
"Kedileri sevmem!" diye bağırdı Fare tiz, tutkulu bir sesle
"Hättest du gerne Katzen, wenn du ich wärst?"
"Benim yerimde olsaydın kedi ister miydin?"
Alice tröstete die Maus in einem beruhigenden Ton
Alice fareyi yatıştırıcı bir tonda rahatlattı
"Naja, vielleicht würde ich an deiner Stelle auch keine Katzen mögen"
"Eh, belki ben de senin yerinde olsam kedileri sevmezdim"
"Bitte ärgern Sie sich nicht über die Erwähnung von Katzen"
"KEDİLERDEN BAHSEDİLDİĞİ İÇİN LÜTFEN SINIRLENMEYIN"
"Und doch wünschte ich, ich könnte dir unsere Katze Dina zeigen"
"Ama yine de keşke sana kedimiz Dinah'ı gösterebilseydim"
"Wenn du sie treffen würdest, würdest du wohl Gefallen an Katzen finden"
"Onunla tanışsaydınız, kedilere ilgi duyardınız diye düşünüyorum"
"Wenn du sie nur sehen könntest"
"Keşke onu görebilseydin"
"Sie ist so ein liebes, stilles Ding"

"O çok sevgili, sessiz bir şey"
Die Maus zitterte am ganzen Körper
Farenin her yeri titriyordu
Alice war sich sicher, dass die Maus wirklich beleidigt sein musste
Alice, farenin gerçekten gücenmiş olması gerektiğinden emindi
"Wir reden nicht mehr über sie, wenn du lieber nicht willst"
"Eğer istemezsen, onun hakkında daha fazla konuşmayacağız."
"Wir, allerdings!" rief die Maus
"Biz, gerçekten!" diye bağırdı Fare
Die Maus zitterte bis zum Ende ihres Schwanzes
Fare kuyruğunun sonuna kadar titriyordu
»Als ob ich über so ein Thema reden würde!«
"Sanki böyle bir konuda konuşacakmışım gibi!"
"Unsere Familie hat Katzen schon immer gehasst"
"Ailemiz kedilerden her zaman nefret ederdi"
"Katzen; Gemeine, niedrige, gemeine Dinger!"
"Kediler; , alçak, bayağı şeyler!"
"Laß mich den Namen nicht noch einmal hören!"
"Adını bir daha duymama izin verme!"
"Katzen will ich ja nicht mehr erwähnen!" sagte Alice
"Kedilerden bir daha bahsetmeyeceğim aslında!" dedi Alice
Sie hatte es sehr eilig, das Thema zu wechseln
Konuyu değiştirmek için büyük bir acele içindeydi
"Bist du... Lieben Sie Hunde?«
"Sen misin... Köpeklere düşkün müsün?"
"Es gibt so einen netten kleinen Hund in der Nähe unseres Hauses."
"Evimizin yakınında çok güzel bir köpek var"
"Ich möchte dir den kleinen Hund zeigen!"
"Sana küçük köpeği göstermek istiyorum!"
"Dieser kleine Hund tötet alle Ratten und...
"Bu küçük köpek tüm fareleri öldürüyor ve..."
»O je!« rief Alice in traurigem Tone
"Ah, canım!" diye bağırdı Alice kederli bir ses tonuyla

»Ich fürchte, ich habe dich schon wieder beleidigt!«
"Korkarım seni yine gücendirdim!"
Die Maus schwamm so schnell sie konnte von ihr weg
Fare ondan gidebildiği kadar hızlı yüzerek uzaklaşıyordu
Und die Maus machte einen ziemlichen Aufruhr im Tümpel
Ve fare havuzda oldukça kargaşa yarattı
Da rief sie leise der Maus nach
Bu yüzden farenin ardından usulca seslendi
"Meine liebe Maus, komm bitte zurück!"
"Sevgili farem, lütfen geri dön!"
"Und wir werden nicht über Katzen sprechen"
"Ve kediler hakkında konuşmayacağız"
"Und über Hunde müssen wir auch nicht reden"
"Köpekler hakkında da konuşmak zorunda değiliz"
Als die Maus das hörte, drehte sie sich um
Fare bunu duyunca arkasını döndü
Und die kleine Maus schwamm langsam zu ihr zurück
Ve küçük fare yavaşça ona doğru yüzdü
Das Gesicht der Maus war ganz blaß
Farenin yüzü oldukça solgundu
Und die Maus sprach mit leiser, zitternder Stimme
Ve fare alçak, titreyen bir sesle konuştu
"Lasst uns ans Ufer gehen"
"Kıyıya çıkalım"
"Und dann erzähle ich dir meine Geschichte"
"ve sonra sana tarihimi anlatacağım"
"Und du wirst verstehen, warum ich Katzen und Hunde hasse"
"ve neden kedilerden ve köpeklerden nefret ettiğimi anlayacaksın"
Es war höchste Zeit zu gehen
Gitme zamanı gelmişti
weil der Pool ziemlich voll wurde
Çünkü havuz oldukça kalabalık olmaya başlamıştı
Andere Vögel und Tiere waren in den Pool gefallen
Diğer kuşlar ve hayvanlar havuza düşmüştü
es gab eine Ente und einen Dodo

bir Ördek ve bir Dodo vardı
und da waren ein Lory-Vogel und ein Adler
ve bir Lory kuşu ve bir Eaglet vardı
und es gab noch einige andere interessant aussehende
Kreaturen
Ve birkaç başka ilginç görünümlü yaratık daha vardı
Alice führte den Weg aus dem Pool
Alice havuzdan çıkış yolunu gösterdi
und die ganze Gesellschaft der Tiere schwamm ans Ufer
Ve bütün hayvan grubu kıyıya yüzdü

Ein Caucus-Rennen und ein langer Schwanz
Bir grup toplantısı yarışı ve uzun bir kuyruk
Es waren in der Tat ein lustig aussehender Haufen Tiere
Gerçekten de komik görünümlü bir hayvan sürüsüydüler
und sie versammelten sich alle am Ufer des Wassers
Ve hepsi suyun kıyısında toplandılar
die Vögel hatten alle zerzauste Federn
Kuşların hepsinin tüyleri kıvrılmış
und die pelzigen Tiere waren durchnässt
ve tüylü hayvanlar sırılsıklam oldu
und alle waren triefend nass, genervt und unwohl
ve hepsi ıslak, sinirli ve rahatsız oluyordu

Es gab eine Frage, die zuerst beantwortet werden musste
Öncelikle cevaplanması gereken bir soru vardı
Was ist der beste Weg für alle, um trocken zu werden?
Herkesin kuruması için en iyi yol nedir?
Sie hatten eine Konsultation zu diesem Thema
Bu konuda bir istişarede bulundular
Bald waren sie alle auf vertrautem Einvernehmen

Kısa süre sonra hepsi tanıdık şartlardaydı
Es war, als ob sie sie ihr ganzes Leben lang gekannt hätte
Sanki onları tüm hayatı boyunca tanıyormuş gibiydi
Die Maus schien eine Person mit einer gewissen Autorität zu sein
Fare bir otoriteye sahip bir kişi gibi görünüyordu
"Setzt euch, ihr alle, und hört mir zu!
"Hepiniz oturun ve beni dinleyin!
"Ich werde euch bald wieder alle trocken machen!"
"Yakında hepinizi tekrar kurutacağım!"
Sie setzten sich alle auf einmal in einem großen Ring nieder
Hepsi aynı anda büyük bir halka halinde oturdular
Und die kleine Maus saß in der Mitte
Ve küçük fare ortada oturuyordu
"Ähm!" sagte die Maus mit einer wichtigen Miene
"Ahem!" dedi fare önemli bir havayla
"Seid ihr bereit?"
"Hepiniz hazır mısınız?"
"Das ist das Trockenste, was ich kenne"
"Bu bildiğim en kuru şey"
»Schweigen Sie ringsum, wenn Sie wollen!«
"Lütfen, her yerde sessizlik var!"
"Wilhelm der Eroberer wurde vom Papst begünstigt"
"Fatih William, papa tarafından tercih edildi"
"aber er wurde bald von den Engländern unterworfen"
"ama kısa süre sonra İngilizler tarafından teslim edildi"
"Sie wollten in letzter Zeit Führer"
"Son zamanlarda lider istediler"
"Und sie waren an Macht und Eroberung gewöhnt"
"ve onlar güce ve fetihlere alışmışlardı"
"Edwin und Morcar, die Grafen von Mercia und Northumbria"
"Edwin ve Morcar, Mercia ve Northumbria Kontları"
»Pfui!« sagte der Lori-Vogel mit einem Schauer
"Ah!" dedi lori kuşu titreyerek
"und sogar Stigand, der patriotische Erzbischof von Canterbury"

"ve hatta Canterbury'nin vatansever başpiskoposu Stigand"
"Er fand es auch ratsam"
"O da uygun buldu"
"Was hielt er für ratsam?" fragte die Ente
"Neyi uygun buldu?" dedi ördek
"Er fand es ratsam", antwortete die Maus ziemlich verärgert
"Uygun buldu," diye yanıtladı fare oldukça çapraz bir şekilde
aber die Ente war nicht zufrieden
Ama ördek tatmin olmadı
"Natürlich weißt du, was 'es' bedeutet"
"Tabii ki, 'o'nun ne anlama geldiğini biliyorsun"
"Ich weiß, was es ist, wenn ich etwas finde," sagte die Ente
"Bir şey bulduğumda 'o'nun ne olduğunu biliyorum," dedi
ördek
"Es ist in der Regel ein Frosch oder ein Wurm"
"Genellikle bir kurbağa ya da solucandır"
"Die Frage ist, was hat der Erzbischof gefunden?"
"Soru şu ki, başpiskopos ne buldu?"
Die Maus bemerkte diese Frage nicht
Fare bu soruyu fark etmedi
Stattdessen fuhr die Maus hastig mit der Rede fort
Bunun yerine, fare aceleyle konuşmaya devam etti
"Er fand es ratsam, mit Edgar Atheling zu gehen"
"Edgar Atheling ile gitmeyi uygun buldu"
"um William zu treffen und ihm die Krone anzubieten"
"William'la tanışmak ve ona tacı teklif etmek"
fuhr die Maus fort und wandte sich dabei an Alice
fare konuşurken Alice'e dönerek devam etti
»Wie geht es dir jetzt, meine Liebe?«
"Şimdi nasılsın canım?"
»So naß wie immer,« sagte Alice in melancholischem Tone
"Her zamanki gibi ıslak," dedi Alice melankolik bir ses tonuyla
**"Diese Geschichte scheint mich überhaupt nicht
auszutrocknen"**
"Bu hikaye beni hiç kurutmuyor gibi görünüyor"
»In diesem Falle,« sagte der Dodo feierlich und erhob sich
"O zaman," dedi dodo ciddiyetle, ayağa kalkarak

"Ich stimme dafür, dass die Sitzung vertagt wird"
"Toplantının ertelenmesini oylarım"
"und ich schlage vor, sofort energischere Heilmittel zu ergreifen"
"ve daha enerjik ilaçların derhal benimsenmesini öneriyorum"
"Sprich wahre Worte!" sagte der Adler
"Gerçek sözler söyle!" dedi kartal
"Ich weiß nicht, was die Hälfte dieser langen Worte bedeutet"
"Bu uzun kelimelerin yarısının anlamını bilmiyorum"
»und außerdem glaube ich nicht, daß Sie es wissen!«
"Ve dahası, senin de bildiğine inanmıyorum!"
»Was ich sagen wollte«, sagte der Dodo in beleidigtem Ton
"Ne diyecektim," dedi dodo kırgın bir ses tonuyla
"Das Beste, was uns trocken kriegt, wäre ein Caucus-Rennen"
"Bizi kurutmak için en iyi şey bir grup toplantısı olur"
»Was ist ein Caucus-Rennen?« fragte Alice
"Kurultay yarışı nedir?" diye sordu Alice

"Nun", sagte der Dodo, "der beste Weg, es zu erklären, ist, es zu tun."
"Eh," dedi dodo, "bunu açıklamanın en iyi yolu bunu yapmaktır."
"Zuerst steckte der Dodo eine Rennbahn ab"
"Önce dodo bir yarış parkuru belirledi"
"Die Strecke verlief in einer Art Kreis"
"Pist bir tür daire içindeydi"
"Und dann wurde die ganze Gesellschaft entlang der Strecke platziert"
"Ve sonra tüm parti rota boyunca yerleştirildi"
Es gab kein "Eins, zwei, drei und weg!"
"Bir, iki, üç ve uzakta!" yoktu.
aber sie fingen an zu rennen, wann sie wollten
Ama istedikleri zaman koşmaya başladılar
Und sie beendeten auch, wenn sie wollten
Ve onlar da istedikleri zaman bitirdiler
Es war also nicht einfach zu wissen, wann das Rennen vorbei war
Bu yüzden yarışın ne zaman bittiğini bilmek kolay değildi
Nach etwa einer halben Stunde Laufen waren sie alle ziemlich trocken
Yarım saat kadar çalıştıktan sonra hepsi oldukça kurumuştu
der Dodo rief plötzlich: "Das Rennen ist vorbei!"
Dodo aniden seslendi, "Yarış bitti!"
Und sie drängten sich alle um den Dodo
Ve hepsi dodo'nun etrafında toplandı
Alle Tiere hechelten und schnauften
Bütün hayvanlar nefes nefese kalıyor ve şişiyordu
und sie alle wollten wissen: "Aber wer hat gewonnen?"
ve hepsi bilmek istedi, "Ama kim kazandı?"
Diese Frage konnte der Dodo nicht sofort beantworten
Dodo'nun hemen cevaplayamadığı bu soru
Zuerst musste er sehr viel nachdenken
Önce çok fazla düşünmesi gerekiyordu
Nach langem Nachdenken sprach der Dodo schließlich
Çok düşündükten sonra Dodo nihayet konuştu

"Jeder hat gewonnen, und jeder muss Preise haben"
"Herkes kazandı ve herkesin ödülleri olmalı"
»Aber wer soll die Preise geben?« fragte ein Chor von
Stimmen
"Ama ödülleri kim verecek?" diye sordu bir ses korosu
"Nun, sie natürlich", sagte der Dodo
"Eh, tabii ki o," dedi dodo
und der Dodo deutete mit einem Finger auf Alice
ve dodo bir parmağıyla Alice'i işaret etti
und die ganze Gesellschaft von Tieren drängte sich um sie
ve bütün hayvan partisi onun etrafında toplandı
sie riefen verwirrt: »Preise! Preise!"
şaşkın bir şekilde bağırdılar, "Ödüller! Ödüller!"
Alice hatte keine Ahnung, was sie tun sollte
Alice'in ne yapacağı hakkında hiçbir fikri yoktu
Verzweifelt steckte sie die Hand in die Tasche
Umutsuzluk içinde elini cebine soktu
Und sie zog eine Schachtel mit Süßigkeiten hervor
Ve bir kutu şeker çıkardı
Glücklicherweise war das Salzwasser nicht in den Kasten
gelangt
Neyse ki tuzlu su kutuya girmemişti
Und sie reichte die Süßigkeiten als Preise herum
Ve şekerleri ödül olarak dağıttı
Es gab genau ein Stück für jeden
Herkes için tam olarak bir parça vardı
Das nächste, was sie tun mussten, war, die Süßigkeiten zu
essen
Yapmaları gereken bir sonraki şey tatlıları yemekti
Dies verursachte einige Geräusche und Verwirrung
Bu biraz gürültü ve karışıklığa neden oldu
Die großen Vögel klagten, dass sie ihre Süßigkeiten nicht
schmecken konnten
Büyük kuşlar tatlılarının tadına bakamadıklarından şikayet
ettiler
Die Kleinen verschluckten sich und mussten auf den
Rücken geklopft werden

Küçük olanlar boğuldu ve sırtlarının sıvazlanması
gerekiyordu
Doch dann war es endlich vorbei
Ancak, sonunda bitti
Und sie setzten sich wieder in einem Ring nieder
Ve tekrar bir ringe oturdular
Und sie flehten die Maus an, ihnen noch etwas zu erzählen
Ve fareye onlara bir şey daha söylemesi için yalvardılar
**»Du hast versprochen, mir deine Geschichte zu erzählen,
weißt du,« sagte Alice**
"Bana geçmişini anlatacağına söz vermiştin, biliyorsun," dedi
Alice
**und sie machte noch eine kleine Bemerkung über Katzen im
Flüsterton**
Ve fısıldayarak kediler hakkında küçük bir açıklama daha
yaptı
Sie wollte die Maus nicht noch einmal beleidigen
Fareyi tekrar gücendirmek istemedi
die kleine Maus drehte sich zu Alice um und seufzte
küçük fare Alice'e döndü ve içini çekti
"Meine Geschichte ist lang und traurig!"
"Benimki uzun ve hüzünlü bir hikaye!"
»Es ist gewiß ein langer Schwanz,« sagte Alice
"Kesinlikle uzun bir kuyruk," dedi Alice
**Und sie blickte verwundert auf den Schwanz der Maus
hinunter**
Ve farenin kuyruğuna şaşkınlıkla baktı
"Aber warum nennst du es einen traurigen Schwanz?"
"Ama neden buna üzgün bir kuyruk diyorsun?"
Und sie rätselte unaufhörlich, während die Maus sprach
Ve fare konuşurken bu konuda kafa yormaya devam etti
**so daß ihre Vorstellung von der Geschichte ungefähr so
aussah**
Böylece masal hakkındaki fikri şöyle bir şeydi

"Fury said to
a mouse, That
he met in the
house, 'Let
us both go
to law: *I*
will prosecute
you.——
Come, I'll
take no denial:
We must have
the trial;
For really
this morning
I've
nothing
to do.'
Said the
mouse to
the cur,
'Such a
trial, dear
sir, With
no jury
or judge,
would
be wasting
our
breath.'
'I'll be
judge,
I'll be
jury,'
said
cunning
old
Fury;
'I'll
try
the
whole
cause,
and
condemn
you to
death.'"

Fury sagte zu einer Maus, die er im Haus getroffen hat."
Fury bir fareye, 'Evde tanıştığını' dedi.

Lasst uns beide vor Gericht gehen: Ich werde euch anklagen
İkimiz de hukuka gidelim: Seni yargılayacağım

Kommen Sie, ich leugne es nicht: Wir müssen den Prozeß haben

Gelin, inkar etmeyeceğim: Yargılanmalıyız

Denn heute morgen habe ich wirklich nichts zu tun

Gerçekten bu sabah yapacak hiçbir şeyim yok
Sagte die Maus zum Pfarrer;
Fare cur'a dedi ki;
**Ein solcher Prozeß, lieber Herr, ohne Geschworene und
Richter, würde uns den Atem rauben**
Sevgili efendim, Jüri veya yargıç olmadan böyle bir duruşma
nefesimizi boşa harcardı
**»Ich werde Richter sein, ich werde Geschworener sein«,
sagte der schlaue alte Fury**
"Yargıç olacağım, jüri olacağım," dedi kurnaz yaşlı Fury
**Ich werde die ganze Sache prüfen und dich zum Tode
verurteilen**
Bütün davayı deneyeceğim ve seni ölüme mahkum edeceğim
die Maus sprach streng zu Alice
fare Alice'e sert bir şekilde konuştu
"Du passt nicht auf!"
"Dikkat etmiyorsun!"
"Woran denkst du?"
"Ne düşünüyorsun?"
»Ich bitte um Verzeihung,« sagte Alice sehr demütig
"Özür dilerim," dedi Alice alçakgönüllülükle
»Sie waren in der fünften Kurve angelangt, glaube ich?«
"Beşinci viraja gelmiştin galiba?"
"Du beleidigst mich, indem du so einen Unsinn redest!"
"Böyle saçma sapan konuşarak bana hakaret ediyorsun!"
Und die Maus stand auf und ging weg
Ve fare ayağa kalktı ve uzaklaştı
Alice rief der kleinen Maus hinterher
Alice küçük farenin adını verdi
"Bitte komm zurück und beende deine Geschichte!"
"Lütfen geri dönün ve hikayenizi bitirin!"
Und die andern stimmten alle in den Chor ein
Ve diğerleri de koroya katıldı
"Ja, bitte beenden Sie Ihre Geschichte!"
"Evet, lütfen hikayenizi bitirin!"
Aber die Maus schüttelte nur ungeduldig den Kopf
Ama fare sadece sabırsızlıkla başını salladı

Und die kleine Maus ging ein wenig schneller
Ve küçük fare biraz daha hızlı yürüdü
**"Ich wünschte, ich hätte Dinah, unsere Katze, hier!" sagte
Alice**
"Keşke kedimiz Dinah da burada olsaydı!" dedi Alice
Dies erregte in der Partei ein bemerkenswertes Aufsehen
Bu, parti arasında dikkate değer bir sansasyon yarattı
Einige der Vögel eilten sofort davon
Bazı kuşlar hemen aceleyle kaçtı
**und ein Kanarienvogel rief mit zitternder Stimme seinen
Kindern zu;**
ve bir Kanarya titreyen bir sesle çocuklarına seslendi;
»Kommt fort, meine Lieben!«
"Uzaklaşın canlarım!"
"Es ist höchste Zeit, dass ihr alle im Bett seid!"
"Hepinizin yatakta olmasının tam zamanı!"
Mit verschiedenen Ausreden gingen sie alle weg
Çeşitli bahanelerle hepsi gitti
und Alice war bald allein
ve Alice kısa süre sonra yalnız kaldı
"Ich wünschte, ich hätte Dina nicht erwähnt!"
"Keşke Dinah'dan bahsetmeseydim!"
"Niemand scheint sie hier unten zu mögen"
"Burada kimse ondan hoşlanmıyor gibi görünüyor"
**"Aber ich bin mir sicher, dass sie die beste Katze von der
Welt ist!"**
"Ama eminim ki o dünyanın en iyi kedisi!"
Die arme Alice fing wieder an zu weinen
Zavallı Alice tekrar ağlamaya başladı
weil sie sich sehr einsam und niedergeschlagen fühlte
Çünkü kendini çok yalnız ve moralsiz hissediyordu
Nach einer Weile aber hörte sie wieder etwas
Ancak kısa bir süre sonra yine bir şey duydu
ein leises Getrappel von Schritten in der Ferne
Uzakta küçük bir ayak sesi
und sie blickte eifrig auf
Ve hevesle yukarı baktı

Der Hase schickt den kleinen Mr. Bill herein
Tavşan küçük Bay Bill'i içeri gönderir

Es war das weiße Kaninchen, das langsam wieder zurücktrabte
Bu, yavaşça geri dönen beyaz tavşandı
Er sah sich ängstlich um, während er ging
Giderken endişeyle etrafa bakıyordu
Er sah aus, als hätte er etwas verloren
Sanki bir şey kaybetmiş gibi görünüyordu
Alice hörte, wie er vor sich hin murmelte
Alice onun kendi kendine mırıldandığını duydu
»Die Herzogin! Die Herzogin! Oh, meine lieben Pfoten!"
"Düşes! Düşes! Ah, sevgili pençelerim!"
"Oh, mein Fell und meine Schnurrhaare!"
"Ah, kürküm ve bıyıklarım!"
"Sie wird mich hinrichten lassen, da bin ich mir sicher"
"Beni idam ettirecek, bundan eminim"
"Genauso sicher, wie Frettchen Frettchen sind!"
"Gelinciklerin gelincik olduğu kadar emin!"
"Wo kann ich meine Sachen abgestellt haben, frage ich mich?"
"Acaba eşyalarımı nereye düşürmüş olabilirim?"
Alice erriet in einem Augenblick, was er suchte
Alice bir anda ne aradığını tahmin etti
Er war auf der Suche nach dem Federfächer

Tüy yelpazeyi arıyordu
Und er suchte nach dem Paar weißer Handschuhe
Ve bir çift beyaz eldiveni arıyordu
**So machte sie sich sehr gutmütig auf die Suche nach den
Handschuhen**
Bu yüzden çok iyi huylu bir şekilde eldivenleri aramaya
başladı
Und sie suchte auch nach dem Federfächer
Ve o da tüy yelpazesini aradı
**Aber die Handschuhe und der Federfächer waren nirgends
zu sehen**
Ancak eldivenler ve tüy fanı hiçbir yerde görünmüyordu
**Alles schien sich verändert zu haben, seit sie im Pool
geschwommen war**
Havuzda yüzdüğünden beri her şey değişmiş gibiydi
**Nichts war mehr so, wie es war, seit sie in der Großen Halle
gewesen war**
Büyük salonda olduğundan beri hiçbir şey eskisi gibi değildi
und der Glastisch war verschwunden
Ve cam masa ortadan kaybolmuştu
Und die kleine Tür war auch nicht da
Ve küçük kapı da orada değildi
Sehr bald bemerkte das Kaninchen Alice
Çok geçmeden tavşan Alice'i fark etti
rief er ihr in zornigem Ton zu
Kızgın bir ses tonuyla ona seslendi
"Mary Ann, was machst du hier draußen?"
"Mary Ann, burada ne yapıyorsun?"
"Lauf in diesem Moment nach Hause"
"Bu an eve koş"
"Und hol mir ein Paar Handschuhe und einen Federfächer!"
"Ve bana bir çift eldiven ve bir tüy yelpaze getir!"
"Und beeil dich!"
"Ve bu konuda hızlı ol!"
Alice sprach mit sich selbst, als sie davonrannte
Alice kaçarken kendi kendine konuştu
"Er muss mich für sein Hausmädchen gehalten haben!"

"Beni hizmetçisi sanmış olmalı!"
"Wie überrascht wird er sein, wenn er herausfindet, wer ich bin!"
"Kim olduğumu öğrendiğinde ne kadar şaşıracak!"
Während sie dies sagte, stieß sie auf ein hübsches Häuschen
Bunu söylerken, küçük ve temiz bir eve rastladı
An der Tür des Hauses hing eine helle Messingplatte
Evin kapısında parlak pirinç bir levha vardı
"W. HASE"
"W. TAVŞAN"
Sie trat ein, ohne an die Tür zu klopfen
Kapıyı çalmadan içeri girdi
und sie eilte geradewegs die Treppe hinauf
Ve hemen yukarı çıktı
sie machte sich Sorgen, dass sie die echte Mary Ann treffen könnte
gerçek Mary Ann ile tanışabileceğinden endişeleniyordu
denn dann würde sie aus dem Haus gejagt werden
çünkü o zaman evden kovulacaktı
Und sie würde den Federfächer und die Handschuhe nicht finden können
Ve tüy yelpazeyi ve eldivenleri bulamazdı
Alice hatte den Weg in ein aufgeräumtes Kämmerlein gefunden
Alice derli toplu küçük bir odaya girmenin yolunu bulmuştu
Im Zimmer stand ein Tisch am Fenster
Odada pencerenin yanında bir masa vardı
und auf dem Tisch stand ein Federfächer
Ve masanın üzerinde bir tüy yelpaze vardı
Und da waren zwei oder drei Paar winzige weiße Handschuhe
Ve iki ya da üç çift minik beyaz eldiven vardı
Sie hob den Federfächer und ein Paar Handschuhe auf
Tüy yelpazeyi ve bir çift eldiveni aldı
und sie war eben im Begriff, das Zimmer zu verlassen
Ve tam odadan çıkmak üzereydi
Aber dann fiel ihr Blick auf ein Fläschchen

Ama sonra gözleri küçük bir şişeye takıldı
Sie entkorkte die Flasche und führte sie an ihre Lippen
Şişenin mantarını açtı ve dudaklarına götürdü
"Ich hoffe, dass ich dadurch wieder groß werde"
"Umarım beni tekrar büyütür"
"Ich bin es leid, so ein winziges Ding zu sein!"
"Bu kadar küçük bir şey olmaktan bıktım!"
Alice hatte kaum die halbe Flasche getrunken
Alice şişenin yarısını zar zor içmişti
Ihr Kopf drückte bereits gegen die Decke
Başı zaten tavana bastırıyordu
und sie musste sich bücken
Ve eğilmek zorunda kaldı
um ihr das Genick vor dem Genickbruch zu bewahren
boynunu kırılmaktan kurtarmak için
Hastig stellte sie die Flasche ab
Aceleyle şişeyi bıraktı
"Das reicht"
"Bu kadar yeter"
"Ich hoffe, ich wachse nicht mehr"
"Umarım daha fazla büyümem"
Leider! Es war zu spät, das zu wünschen!
Eyvah! Bunu dilemek için çok geçti!
Sie wuchs und wuchs weiter
Büyümeye ve büyümeye devam etti
und sehr bald musste sie sich auf den Boden knien
Ve çok geçmeden yere diz çökmek zorunda kaldı
und selbst dann wuchs sie weiter
Ve o zaman bile büyümeye devam etti
Als letztes Mittel streckte sie einen Arm aus dem Fenster
Son çare olarak bir kolunu pencereden dışarı çıkardı
und sie setzte einen Fuß auf den Schornstein
Ve bir ayağını bacaya koydu
"Jetzt kann ich nicht mehr, was auch immer passiert"
"Artık daha fazlasını yapamam, ne olursa olsun"
»Was wird aus mir?«
"Bana ne olacak?"

Alice hatte Glück
Alice'in şansı yaver gitti
Das kleine Zauberfläschchen hatte seine volle Wirkung entfaltet
Küçük sihirli şişe tam etkisini göstermişti
und Alice wurde nicht größer, als sie war
ve Alice eskisinden daha fazla büyümedi
Nach ein paar Minuten hörte sie draußen eine Stimme
Birkaç dakika sonra dışarıda bir ses duydu
Und sie blieb stehen, um der Stimme zu lauschen
Ve sesi dinlemek için durdu
»Mary Ann! Mary Ann!« sagte die Stimme
"Mary Ann! Mary Ann!" dedi ses
"Hol mir gleich meine Handschuhe!"
"Hemen şimdi bana eldivenlerimi getir!"
Dann ertönte ein leises Getrappel von Füßen auf der Treppe
Sonra merdivenlerde küçük bir ayak pırıltısı geldi
Alice wusste, dass es das Kaninchen war, das kam, um sie zu suchen
Alice, onu aramaya gelenin tavşan olduğunu biliyordu

und sie zitterte, bis sie das Haus erschütterte
ve evi sallayana kadar titredi
Sie vergaß ganz, welche Proportionen sie hatte
Oranlarının ne olduğunu tamamen unuttu
Sie war tausendmal so groß wie das Kaninchen
Tavşandan bin kat daha büyüktü
und sie hatte keinen Grund, sich vor einem Kaninchen zu fürchten
Ve bir tavşandan korkması için hiçbir sebep yoktu
Bald kam das Kaninchen an die Tür heran
O anda tavşan kapıya geldi
Und das kleine Kaninchen versuchte, die Tür zu öffnen
Ve küçük tavşan kapıyı açmaya çalıştı
Die Tür begann sich nach innen zu öffnen
Kapı içeriye doğru açılmaya başladı
aber Alices Ellbogen wurde hart gegen die Tür gedrückt
ama Alice'in dirseği kapıya sertçe bastırıldı
Dieser Versuch erwies sich als Fehlschlag
Bu girişim başarısız oldu
Alice hörte, wie das Kaninchen mit sich selbst sprach
Alice, tavşanın kendi kendine konuştuğunu duydu
"Dann gehe ich herum und steige durch das Fenster ein"
"O zaman etrafta dolaşacağım ve pencereden içeri gireceğim"
"Das wirst du nicht!" dachte Alice
"Yapmayacaksın!" diye düşündü Alice
und sie wartete wieder ein wenig
Ve yine biraz bekledi
Bald hörte sie das Kaninchen gerade unter dem Fenster
Kısa süre sonra pencerenin hemen altındaki tavşanı duydu
Plötzlich streckte sie ihre Hand aus
Aniden elini uzattı
Und sie machte einen Sprung in die Luft
Ve havada bir kapkaç yaptı
Sie bekam nichts in die Finger
Hiçbir şey elde edemedi
aber sie hörte einen kleinen Schrei und einen Sturz
Ama küçük bir çığlık ve bir düşüş duydu

und sie hörte ein Krachen von zerbrochenem Glas
Ve kırık camın çarptığını duydu
Vielleicht war das Kaninchen gefallen
Belki de tavşan düşmüştü
Vielleicht war er in einem Gewächshaus
Belki de bir seradaydı
Dann ertönte eine zornige Stimme; Die Stimme des Kaninchens
Sonra kızgın bir ses geldi; Tavşanın sesi
"Pat, wo bist du?"
"Pat, neredesin?"
Und dann ertönte eine Stimme, die sie noch nie zuvor gehört hatte
Ve sonra daha önce hiç duymadığı bir ses geldi
"Euer Ehren, ich bin hier!"
"Sayın Yargıç, ben buradayım!"
"Ich grabe nach Äpfeln"
"Elma için kazıyorum"
»Hier! Komm und hilf mir da raus!"
"İşte! Gel ve beni bu durumdan kurtar!"
»Nun sag mir, Pat, was ist das da im Fenster?«
"Şimdi söyle bana, Pat, penceredeki ne var?"
"Sicher, Euer Ehren, ich werde es Ihnen sagen"
"Tabii, sayın yargıç, size söyleyeceğim"
"Das ist ein Arm, der im Fenster steckt!"
"Pencerede olan bir kol!"
"Na ja, da hat ein Arm nichts zu suchen"
"Eh, orada bir kolun işi yok"
"Geh und nimm den Arm weg!"
"Git ve kolu al!"
Hierauf trat ein langes Schweigen ein
Bunun ardından uzun bir sessizlik oldu
und Alice konnte nur ab und zu ein Flüstern hören
ve Alice sadece ara sıra fısıltıları duyabiliyordu
und endlich streckte sie die Hand wieder aus
Ve sonunda tekrar elini uzattı
Und sie machte einen weiteren Sprung in die Luft

Ve havada bir kapkaç daha yaptı
Diesmal gab es zwei kleine Schreie
Bu sefer iki küçük çığlık vardı
und es gab noch mehr Geräusche von zerbrochenem Glas
Ve daha fazla kırık cam sesi vardı
"Ich möchte wohl wissen, was sie nun tun werden!" dachte Alice
"Bundan sonra ne yapacaklarını merak ediyorum!" diye düşündü Alice
"Ich wünschte, sie würden mich aus dem Fenster ziehen"
"Keşke beni pencereden dışarı çıkarsalar"
Sie wartete eine Weile
Bir süre bekledi
aber eine Weile hörte sie nichts mehr
Ama bir süre daha hiçbir şey duymadı
Endlich ertönte das Rumpeln kleiner Rädchen
Sonunda küçük tekerleklerin gümbürtüsü geldi
Und da ertönten viele Stimmen
Ve çok sayıda ses geldi
Alle Stimmen sprachen miteinander
Bütün sesler birlikte konuşuyordu
Sie konnte einige der Worte verstehen
Bazı kelimeleri seçebiliyordu
"Wo ist die andere Leiter?"
"Diğer merdiven nerede?"
"Bill hat die andere Leiter"
"Bill'in diğer merdiveni var"
"Bill, komm her!"
"Bill, buraya gel!"
"Wird das Dach die Last tragen?"
"Çatı yükü taşıyacak mı?"
"Wer will schon den Schornstein hinuntergehen?"
"Kim bacadan aşağı inmek ister?"
»Nein, das werde ich nicht! Du machst es!"
"Hayır, yapmayacağım! Sen yap!"
»Hier, Bill!«
"İşte, Bill!"

"Der Meister sagt, du musst in den Schornstein hinunter!"
"Usta bacadan aşağı inmen gerektiğini söylüyor!"
Alice zog ihren Fuß so weit den Schornstein hinab, wie sie konnte
Alice ayağını bacadan olabildiğince aşağı çekti
Und dann wartete sie, was kommen würde
Ve sonra ne olacağını görmek için bekledi
Sie hörte ein kleines Tier kratzen und krabbeln
Küçük bir hayvanın tırmaladığını ve çırpındığını duydu
Das Tierchen muss sich im Schornstein befinden
Küçük hayvan bacada olmalı
dann gab sie einen scharfen Tritt
Sonra keskin bir tekme attı
Und sie wartete ab, was als nächstes geschehen würde
Ve bundan sonra ne olacağını görmek için bekledi
Sie hörte einen allgemeinen Chor von Stimmen
Genel bir ses korosu duydu
"Da geht Bill!", sagten alle
"İşte Bill!" dedi hepsi
Dann hörte sie allein die Stimme des Kaninchens
Sonra sadece tavşanın sesini duydu
"Du an der Hecke, fang ihn!"
"Sen çitin yanındasın, yakala onu!"
Es trat wieder ein Augenblick des Schweigens ein
Bir dakikalık saygı duruşu daha yapıldı
Und dann gab es wieder ein Stimmengewirr
Ve sonra başka bir ses karmaşası oldu
"Halt seinen Kopf hoch, Brandy"
"Başını kaldır, Brandy"
"Pass auf, dass du ihn nicht würgst"
"Onu boğmamaya dikkat edin"
"Was ist mit dir passiert?"
"Sana ne oldu?"
Zuletzt kam eine kleine, schwache, quietschende Stimme
Sonunda biraz zayıf, gıcırtılı bir ses geldi
"Nun, ich weiß es kaum mehr"
"Eh, daha fazlasını bilmiyorum"

"Danke euch allen, mir geht es jetzt besser"
"Hepinize teşekkür ederim, şimdi daha iyiyim"
"Es gibt eine Sache, an die ich mich erinnern kann"
"Hatırlayabildiğim bir şey var"
"Irgendetwas kommt auf mich zu wie ein Zug im Tunnel"
"Tüneldeki tren gibi bir şey üzerime geliyor"
"Und ich fliege hoch wie eine Rakete!"
"ve yukarı bir roket gibi uçuyorum!"
Es gab ein oder zwei Minuten des Schweigens
Bir iki dakikalık saygı duruşu oldu
Und dann fingen sie wieder an, sich zu bewegen
Ve sonra tekrar hareket etmeye başladılar
und Alice hörte das Kaninchen wieder sprechen
ve Alice Tavşan'ın tekrar konuştuğunu duydu
"Ein Karren voll reicht für den Anfang"
"Başlamak için bir barrowful yapacak"
"Einen Karren voll wovon?" dachte Alice
"Neyin bir tırmıkbaharı?" diye düşündü Alice
Aber sie wurde nicht lange in Atem gehalten
Ancak uzun süre askıda kalmadı
Ein Regen von kleinen Kieselsteinen drang durch das
Fenster
Pencereden küçük çakıl taşlarından oluşan bir duş geldi
und einige der kleinen Kieselsteine trafen sie im Gesicht
Ve küçük çakıl taşlarından bazıları yüzüne çarptı
Alice wunderte sich über die kleinen Kieselsteine
Alice küçük çakıl taşlarına şaşırdı
all die kleinen Kieselsteine verwandelten sich in Kuchen
Tüm küçük çakıl taşları keklere dönüşüyordu
und eine glänzende Idee kam ihr in den Kopf
Ve aklına parlak bir fikir geldi
"Einen von diesen Kuchen sollte ich essen"
"Bu keklerden birini yemeliyim"
"Der Kuchen wird sicher etwas an meiner Größe ändern"
"Pastanın bedenimde biraz değişiklik yapacağından emin
olabilirsiniz"
Also schluckte sie einen der Kuchen

Bu yüzden keklerden birini yuttu
und sie freute sich, als sie feststellte, dass sie anfing zu schrumpfen
Ve küçülmeye başladığını görünce çok sevindi
Bald war sie klein genug, um durch die Tür zu kommen
Kısa süre sonra kapıdan geçecek kadar küçüktü
Sie rannte aus dem Haus
Evden kaçtı
Draußen wartete eine Menge kleiner Tiere und Vögel
Küçük hayvanlar ve kuşlardan oluşan bir kalabalık dışarıda bekliyordu
alle kleinen Vögel und Tiere stürzten sich auf Alice
tüm küçük kuşlar ve hayvanlar Alice'e koştu
aber sie rannte davon, so schnell sie konnte
Ama elinden geldiğince hızlı kaçtı
und bald fand sie sich sicher in einem dichten Walde
Ve kısa süre sonra kendini kalın bir ormanda güvende buldu
Alice irrte im Walde umher
Alice ormanda dolaşıyordu
Und sie dachte bei sich:
Ve kendi kendine düşündü:
"Ich weiß, was ich zuerst zu tun habe"
"Öncelikle ne yapmam gerektiğini biliyorum"
"erst muss ich wieder auf meine richtige Größe wachsen"
"Önce tekrar doğru bedenime büyümem gerekiyor"
"Und dann muss ich den Weg in diesen schönen Garten finden"
"ve sonra o güzel bahçeye giden yolu bulmalıyım"
"Ich glaube, ich sollte irgendetwas essen oder trinken"
"Sanırım bir şey ya da başka bir şey yemeli ya da içmeliyim"
"Aber die Frage ist, was soll ich essen oder trinken?"
"Ama soru şu ki, ne yemeliyim ya da içmeliyim?"
Alice blickte sich um und betrachtete die Blumen
Alice etrafındaki çiçeklere baktı
Und sie schaute durch die Grashalme hindurch
Ve çimenlerin arasından baktı
aber sie konnte nichts zu essen und zu trinken sehen

ama yiyecek ya da içecek bir şey göremiyordu
Nichts sah nach dem Richtigen zum Essen oder Trinken aus
Hiçbir şey yemek ya da içmek için doğru şeye benzemiyordu
In ihrer Nähe wuchs ein großer Pilz
Yanında büyüyen büyük bir mantar vardı
der Pilz war ungefähr so groß wie Alice
mantar Alice ile hemen hemen aynı yükseklikteydi
Sie streckte sich auf den Zehenspitzen auf
Parmak uçlarına kadar uzandı
Und sie guckte über den Rand des Pilzes
Ve mantarın kenarından gözetledi
Ihre Augen trafen sofort die Augen einer großen blauen Raupe
Gözleri hemen büyük mavi bir tırtılın gözleriyle karşılaştı
Die Raupe saß auf der Spitze des Pilzes
Tırtıl mantarın tepesinde oturuyordu
und die Raupe hatte alle Arme gekreuzt
ve tırtıl bütün kollarını kavuşturmuştu
Und er rauchte leise eine lange Wasserpfeife
Ve sessizce uzun bir nargile içiyordu
und er nahm nicht die geringste Notiz von irgendetwas
ve hiçbir şeye en ufak bir dikkat çekmedi
und er achtete gewiß nicht auf Alice
ve kesinlikle Alice'e dikkat etmedi

Endlich nahm die Raupe die Shisha aus dem Maul
Sonunda tırtıl nargileyi ağzından çıkardı
und er redete Alice mit einer trägen, schläfrigen Stimme an
ve durgun, uykulu bir sesle Alice'e hitap etti
"Wer bist du?" fragte die Raupe
"Sen kimsin?" dedi tırtıl

Alice antwortete etwas schüchtern: "Ich weiß es kaum, Sir."
Alice oldukça utangaç bir şekilde, "Pek bilmiyorum efendim"
diye yanıtladı.
"Gerade im Moment ist alles ein bisschen..."
"Sadece şu anda her şey biraz..."
**"Ich weiß, wer ich war, als ich heute Morgen aufgestanden
bin."**
"Bu sabah kalktığımda kim olduğumu biliyorum"
**"aber ich glaube, ich muss mich seitdem mehrmals verändert
haben"**
"ama sanırım o zamandan beri birkaç kez değişmiş olmalıyım"

"Was meinst du damit?" sagte die Raupe
"Bununla ne demek istiyorsun?" dedi tırtıl
Streng forderte die Raupe sie auf, sich zu erklären
Tırtıl sert bir şekilde ondan kendini açıklamasını istedi
»Ich kann mich nicht erklären, fürchte ich, Sir«, sagte Alice
"Kendimi açıklayamıyorum, korkarım efendim," dedi Alice
"weil ich nicht ich selbst bin"
"Çünkü ben kendimde değilim"
**"Du siehst, es ist sehr verwirrend, so viele verschiedene
Größen an einem Tag zu haben"**
"Görüyorsunuz, bir günde bu kadar çok farklı boyutta olmak
çok kafa karıştırıcı"
Sie raffte sich auf und sagte sehr ernst:
Kendini yukarı çekti ve çok ciddi bir şekilde şöyle dedi:
"Ich denke, du solltest mir zuerst sagen, wer du bist"
"Bence önce bana kim olduğunu söylemelisin"
"Warum?" fragte die Raupe
"Neden?" dedi tırtıl
Alice fiel kein guter Grund ein
Alice iyi bir sebep düşünemedi
**und die Raupe schien sich in einem sehr unangenehmen
Gemütszustand zu befinden**
Ve tırtıl çok tatsız bir ruh hali içinde görünüyordu
also wandte sie sich ab
Bu yüzden geri döndü
"Komm zurück!" rief ihr die Raupe nach
"Geri dön!" diye seslendi tırtıl arkasından
"Ich habe etwas Wichtiges zu sagen!"
"Söylemem gereken önemli bir şey var!"
Alice drehte sich um und kam wieder zurück
Alice döndü ve tekrar geri geldi
"Behalte die Fassung!" sagte die Raupe
"Öfkeni koru," dedi tırtıl
»Ist das alles?« fragte Alice
"Hepsi bu mu?" dedi Alice
und sie schluckte ihren Zorn hinunter, so gut sie konnte
Ve öfkesini elinden geldiğince yuttu

"Nein!" sagte die Raupe
"Hayır," dedi tırtıl
Die Raupe breitete ihre Arme aus
Tırtıl kollarını açtı
Und er nahm die Shisha wieder aus dem Mund
Ve nargileyi tekrar ağzından çıkardı
Und er sagte: "Du glaubst also, du bist verändert, oder?"
ve dedi ki, "Demek değiştiğini düşünüyorsun, değil mi?"
»Ich fürchte, ich bin verändert, Sir,« sagte Alice
"Korkuyorum, değiştim efendim," dedi Alice
"Ich kann mich nicht mehr so an Dinge erinnern, wie ich sie früher in Erinnerung hatte"
"Bazı şeyleri eskiden hatırladığım gibi hatırlayamıyorum"
"Und ich bleibe nicht länger als zehn Minuten gleich groß!"
"ve ben on dakikadan fazla aynı boyutta kalmam!"
"Wie groß willst du sein?" fragte die Raupe
"Ne büyüklükte olmak istersin?" diye sordu tırtıl
»Oh, es ist mir nicht besonders wichtig, wie groß ich bin«, erwiderte Alice hastig
"Ah, özellikle ne kadar büyük olduğum umurumda değil," diye yanıtladı Alice aceleyle.
"Ich mag es einfach nicht, so oft die Größe zu wechseln, weißt du"
"Sadece bu kadar sık beden değiştirmeyi sevmiyorum, biliyorsun"
"Ich würde gerne etwas größer sein, Sir"
"Biraz daha büyük olmak isterdim efendim"
»wenn es dir nichts ausmacht,« fügte Alice hinzu
"Eğer sakıncası yoksa," diye ekledi Alice
"Zehn Zentimeter sind so eine erbärmliche Größe"
"On santimetre çok sefil bir yükseklik"
"Das ist wirklich eine sehr gute Höhe!" sagte die Raupe ärgerlich
"Gerçekten çok iyi bir yükseklik!" dedi tırtıl öfkeyle
und er richtete sich auf, während er sprach
ve konuşurken kendini dik tuttu
Er war genau zehn Zentimeter groß

Tam on santimetre boyundaydı
**In ein oder zwei Minuten war die Raupe vom Pilz
heruntergekommen**
Bir veya iki dakika içinde tırtıl mantardan aşağı indi
und er kroch ins Gras
Ve çimenlere doğru sürünerek uzaklaştı
Als er sich entfernte, machte er einige kleine Bemerkungen
Giderken bazı küçük açıklamalar yaptı
"Eine Seite lässt dich größer werden"
"Bir tarafınız boyunun uzamasını sağlayacak"
"Und die andere Seite wird dich kleiner werden lassen"
"Ve diğer taraf seni kısaltacak"
"Eine Seite wovon?" dachte Alice bei sich
"Neyin bir tarafı?" diye düşündü Alice kendi kendine
"Die andere Seite von was?"
"Neyin diğer tarafı?"
"Die Seite des Pilzes!" sagte die Raupe
"Mantarın yan tarafı," dedi tırtıl
Es war, als hätte sie ihre Frage laut gestellt
Sanki sorusunu yüksek sesle sormuş gibiydi
und im nächsten Augenblick war er außer Sichtweite
Ve başka bir anda, gözden kayboldu
Alice blieb stehen und betrachtete den Pilz nachdenklich
Alice düşünceli bir şekilde mantara bakmaya devam etti
**Sie versuchte herauszufinden, welche die beiden Seiten des
Pilzes waren**
Mantarın iki tarafının hangisi olduğunu anlamaya çalışıyordu
Endlich streckte sie ihre Arme um den Pilz
Sonunda kollarını mantarın etrafına sardı
und sie brach ein Stück der Ränder ab
Ve kenarların bir kısmını kırdı
»Und nun, welche Seite ist welche?« fragte sie sich
"Ve şimdi, hangi taraf hangisi?" dedi kendi kendine
**und sie knabberte ein wenig von dem Stück der rechten
Hand**
Ve sağ elinin ucunu biraz kemirdi
Im nächsten Augenblick spürte sie einen heftigen Schlag

unter ihrem Kinn
Bir sonraki an çenesinin altında şiddetli bir darbe hissetti
Ihr Kinn hatte ihren Fuß getroffen!
Çenesi ayağına çarpmıştı!
**Sie war sehr erschrocken über diese sehr plötzliche
Veränderung**
Bu çok ani değişiklikten çok korkmuştu
Sie schrumpfte sehr schnell
Çok hızlı bir şekilde küçülüyordu
Also aß sie schnell etwas von dem anderen Stück Pilz
Bu yüzden çabucak diğer mantar parçasından biraz yedi
Ihr Kinn war sehr eng gegen ihren Fuß gepresst
Çenesi ayağına çok sıkı bir şekilde bastırıldı
Es war kaum Platz, um den Mund aufzumachen
Ağzını açacak pek yer yoktu
aber schließlich gelang es ihr, den Mund aufzumachen
Ama sonunda ağzını açmayı başardı
und sie schluckte einen Bissen von dem linken Stück
ve sol elinin ısırığından bir lokma yuttu
»mein Kopf ist endlich frei!« sagte Alice
"Sonunda kafam serbest kaldı!" dedi Alice
Sie blickte an sich herunter
Kendine baktı
aber alles, was sie sehen konnte, war ein ungeheurer Hals
Ama tek görebildiği muazzam bir boyun uzunluğuydu
Ihr Hals schien sich wie ein Stiel zu erheben
Boynu bir sap gibi yükseliyor gibiydi
Und sie blickte auf ein Meer von grünen Blättern hinab
Ve yeşil yapraklardan oluşan bir denize baktı
"Wo sind meine Schultern geblieben?"
"Omuzlarım nereye geldi?"
**»Und ach, meine armen Hände, wie kommt es, daß ich euch
nicht sehen kann?«**
"Ve ah, zavallı ellerim, nasıl oluyor da seni göremiyorum?"
Aber ihr Hals hatte einen Vorteil
Ama boynunun bir faydası vardı
Sie konnte ihren Kopf in jede Richtung bewegen

Başını herhangi bir yöne hareket ettirebilirdi
Tatsächlich war sie wie eine Schlange
Aslında, o tıpkı bir yılan gibiydi
Sie senkte anmutig ihren Kopf im Zickzack
Zarif bir şekilde başını zikzak çizerek eğdi
Und sie bewegte ihren Kopf durch die Bäume
Ve başını ağaçların arasından geçirdi
Aber dann hörte sie ein scharfes Zischen
Ama sonra keskin bir tıslama duydu
Und sie zog schnell den Kopf zurück
Ve hızla başını geri çekti
Eine große Taube war ihr ins Gesicht geflogen
Yüzüne büyük bir güvercin uçmuştu
und die Taube fuhr mit den Flügeln heftig zusammen
Ve güvercin şiddetle kanatlarıyla birlikteydi

»Schlange!« rief die Taube

"Yılan!" diye bağırdı güvercin

"Ich bin keine Schlange!" sagte Alice entrüstet

"Ben yılan değilim!" dedi Alice öfkeyle

"Laß mich in Ruhe!"

"Beni yalnız bırak!"

"Ich habe die Wurzeln von Bäumen ausprobiert"

"Ağaçların köklerini denedim"

"Und ich habe es mit Hecken versucht", fuhr die Taube fort

"ve çitleri denedim," diye devam etti güvercin

»Aber diese Schlangen! Man kann es ihnen nicht recht machen!"

"Ama o! Onları memnun edecek bir şey yok!"

Alice war immer verwirrter

Alice'in kafası gitgide daha çok karışıyordu

"Als ob es nicht schon Mühe genug wäre, die Eier auszubrüten!" sagte die Taube

"Sanki yumurtaları çatlatmak yeterince zahmetli değilmiş gibi," dedi güvercin

"Tag und Nacht muss ich mich auch vor Schlangen in Acht nehmen!"

"Gece gündüz yılanlara da dikkat etmeliyim!"

"Ich hatte gerade den höchsten Baum im Wald gefunden"

"Ormandaki en yüksek ağacı yeni bulmuştum"

"Wäre ich hier sicher frei von Schlangen?"

"Burada yılanlardan kurtulur muydum herhalde?"

"Und heraus kommt eine Schlange vom Himmel!"

"Ve gökten bir yılan çıkıyor!"

"Aber ich bin keine Schlange, sage ich dir!" sagte Alice

"Ama ben bir yılan değilim, sana söylüyorum!" dedi Alice

"Ich bin ein... Ich bin ein... Ich bin ein kleines Mädchen«, fügte sie etwas zweifelnd hinzu

"Ben bir... Ben bir... Ben küçük bir kızım," diye ekledi oldukça şüpheli bir şekilde

Schließlich hatte sie viele Veränderungen durchgemacht

Ne de olsa çok fazla değişiklik geçiriyordu

"Du suchst Eier!" sagte die Taube

"Yumurta arıyorsun," dedi güvercin
"Das weiß ich mit Sicherheit"
"Bunu bir gerçek olarak biliyorum"
"Und was macht es aus, ob du ein kleines Mädchen oder eine Schlange bist?"
"Peki küçük bir kız ya da yılan olman ne fark eder?"
»**Es liegt mir sehr viel daran,«** sagte Alice hastig
"Benim için çok önemli," dedi Alice aceleyle.
"Aber ich bin nicht auf der Suche nach Eiern, wie es der Zufall will"
"ama olduğu gibi yumurta aramıyorum"
"Und ich würde deine Eier sowieso nicht wollen"
"ve zaten yumurtalarını istemem"
"Ich mag meine Eier nicht roh"
"Yumurtalarımı çiğ sevmiyorum"
»**Nun, dann fort!«** sagte die Taube in mürrischem Tone
"Peki, git o zaman!" dedi güvercin somurtkan bir ses tonuyla
und die Taube ließ sich wieder in ihrem Nest nieder
Ve güvercin tekrar yuvasına yerleşti
Alice kauerte sich zwischen die Bäume, so gut sie konnte
Alice elinden geldiğince ağaçların arasına çömeldi
Ihr Hals verfing sich immer wieder zwischen den Ästen
Boynu dalların arasına dolanıp duruyordu
Hin und wieder musste sie anhalten und ihren Hals aufdrehen
Arada sırada durup boynunu çözmek zorunda kaldı
Nach einer Weile erinnerte sie sich an den Pilz
Bir süre sonra mantarı hatırladı
Sie hielt die Pilzstücke noch immer in ihren Händen
Mantar parçalarını hala elinde tutuyordu
Und sie machte sich sehr vorsichtig an die Arbeit
Ve çok dikkatli bir şekilde çalışmaya başladı
Zuerst knabberte sie an einem Stück
Önce tek parça kemirdi
Und dann knabberte sie an dem anderen Stück
Ve sonra diğer parçayı kemirdi
Manchmal wurde sie größer

bazen boyu uzardı
und manchmal wurde sie kleiner
Ve bazen kısaldı
Aber schließlich erreichte sie ihre übliche Größe
Ama sonunda her zamanki boyuna ulaştı
Sie war schon seit einiger Zeit nicht mehr so groß wie sie selbst
Bir süredir kendi boyunda değildi
So fühlte sich alles eine Zeit lang seltsam an
Bu yüzden her şey bir süreliğine garip geldi
"Das nächste, was zu tun ist, ist, in diesen schönen Garten zu gehen"
"Bundan sonra yapılacak şey o güzel bahçeye girmek"
»wie soll man das machen?«
"Bu nasıl yapılacak, merak ediyorum?"
Während sie dies sagte, stieß sie auf einen offenen Platz
Bunu söylerken açık bir yere rastladı
Da war ein kleines Haus, etwas höher als einen Meter
Bir metreden biraz daha yüksek küçük bir ev vardı
"Ich frage mich, wer in diesem kleinen Haus wohnt"
"Acaba bu küçük evde kim yaşıyor"
"So groß wie ich bin, kann ich sicher nicht reingehen"
"Kesinlikle olduğum kadar büyük giremem"
"Ich würde sie fürchterlich erschrecken!"
"Onları çok korkuturdum!"
Also knabberte sie wieder an dem kleinen Pilz
Bu yüzden küçük mantarı tekrar kemirdi
Und bald brachte sie sich dreißig Zentimeter tief
Ve çok geçmeden kendini otuz santimetre aşağı indirdi

Ein Schwein und etwas Pfeffer
Bir domuz ve biraz biber
Ein oder zwei Minuten lang stand sie da und betrachtete das Haus
Bir ya da iki dakika boyunca eve bakarak durdu
Plötzlich kam ein Lakai aus dem Walde gerannt
Aniden ormandan koşarak bir uşak geldi
Er trug eine spezielle Livree-Uniform
Özel bir üniforma giyiyordu
Seinem Gesicht nach zu urteilen, hätte sie ihn einen Fisch genannt
Sadece yüzüne bakılırsa, ona balık derdi
und er klopfte laut mit den Fingerknöcheln an die Tür
Ve parmak eklemleriyle kapıya yüksek sesle vurdu
Die Tür wurde von einem anderen Lakaien geöffnet
Kapı başka bir uşak tarafından açıldı
Auch dieser Lakai trug eine besondere Livree
Bu uşak da özel bir üniforma giyiyordu
Dieser Lakai hatte ein rundes Gesicht und große Augen wie ein Frosch
Bu uşağın yuvarlak bir yüzü ve kurbağa gibi iri gözleri vardı

Der Lakai, der wie ein Fisch aussah, leitete die Zeremonie ein
Balığa benzeyen uşak töreni başlattı
Er zog etwas unter seinem Arm hervor
Kolunun altından bir şey çıkardı
Und er zog unter seinem Arm einen Umschlag hervor
ve kolunun altından bir zarf çıkardı
und diesen Umschlag übergab er dem andern Lakaien
Ve bu zarfı diğer uşağa verdi
In zeremoniellem Tone teilte er ihm die Befehle mit
Törensel bir tonda ona emirleri anlattı
"Diese Botschaft ist für die Herzogin"
"Bu mesaj Düşes için"
"Eine Einladung der Königin zum Krocketspielen"
"Kraliçeden kroket oynama daveti"
Der Lakai, der wie ein Frosch aussah, wiederholte den Befehl
Kurbağaya benzeyen uşak emri tekrarladı
"Von der Königin"
"Kraliçe'den"
"Eine Einladung"
"Bir davet"
"für die Herzogin"
"Düşes için"
"Krocket spielen"
"Kroket oynamak"
Dann verbeugten sie sich beide tief
Sonra ikisi de eğildi
und die Locken in ihren Perücken verwickelten sich ineinander
ve peruklarındaki bukleler birbirine dolandı
Bald war der Lakai, der wie ein Fisch aussah, verschwunden
Kısa süre sonra balığa benzeyen uşak gitmişti
Aber der Lakai, der wie ein Frosch aussah, war immer noch da
Ama kurbağaya benzeyen uşak hala oradaydı
Er saß auf dem Boden in der Nähe der Tür

Kapının yanında yerde oturuyordu
Er starrte dumm in den Himmel
Aptalca gökyüzüne bakıyordu
Alice ging schüchtern zur Tür und klopfte
Alice ürkek bir şekilde kapıya gitti ve kapıyı çaldı
»Es hat keinen Zweck, anzuklopfen,« sagte der Lakai
"Kapıyı çalmanın bir faydası yok," dedi uşak
"Und das aus zwei Gründen"
"Ve bu iki nedenden dolayı"
"Erstens, weil ich auf der gleichen Seite der Tür stehe wie du"
"Birincisi, çünkü ben de seninle aynı kapının yanındayım"
"Zweitens, weil sie drinnen so viel Lärm machen"
"İkincisi, çünkü içeride çok fazla gürültü yapıyorlar"
"Niemand könnte dich hören"
"Kimse seni duyamazdı"
Und es war gewiß ein höchst merkwürdiger Lärm im Innern
Ve kesinlikle içeride çok olağanüstü bir gürültü oluyordu
ein ständiges Heulen und Niesen
sürekli uluma ve hapşırma
und ab und zu ein Geräusch von großem Krachen
Ve arada sırada büyük bir çarpma sesi
als ob eine Schüssel oder ein Wasserkocher in Stücke zerbrochen wäre
Sanki bir tabak veya su ısıtıcısı parçalara ayrılmış gibi
"Wie soll ich da reinkommen?" fragte Alice
"Nasıl içeri gireceğim?" diye sordu Alice
»Wollen Sie überhaupt hineinkommen?« fragte der Lakai
"İçeri girmeli misin?" dedi uşak
"Das ist die erste Frage, weißt du"
"Bu ilk soru, biliyorsun"
Alice öffnete die Tür und trat ein
Alice kapıyı açtı ve içeri girdi
Die Tür führte direkt in eine große Küche
Kapı büyük bir mutfağa açılıyordu
Die Küche war von einem Ende bis zum anderen voller Rauch

Mutfak bir uçtan diğer uca duman doluydu
in der Mitte der Küche saß die Herzogin
mutfağın ortasında Düşes vardı
Sie saß auf einem dreibeinigen Hocker
Üç ayaklı bir taburede oturuyordu
und sie stillte ein Baby
Ve bir bebek emziriyordu
Die Köchin beugte sich über das Feuer
Aşçı ateşin üzerine eğilmişti
Er rührte einen großen Kessel
Büyük bir kazanı karıştırıyordu
und der Kessel schien mit Suppe gefüllt zu sein
Ve kazan çorba dolu gibiydi
"Da ist sicher zu viel Pfeffer drin!" sagte Alice zu sich selbst
"O çorbada kesinlikle çok fazla biber var!" Alice kendi kendine dedi ki
Sie sagte es, so gut sie konnte, ohne zu niesen
Hapşırmadan elinden geldiğince söyledi
Sogar die Herzogin nieste gelegentlich
Düşes bile ara sıra hapşırdı
Aber die Handlungen des Babys waren am bemerkenswertesten
Ancak bebeğin eylemleri en dikkat çekici olanıydı
Das Baby nieste und heulte abwechselnd
Bebek dönüşümlü olarak hapşırıyor ve uluyordu
Es gab keinen Augenblick Pause zwischen Heulen und Niesen
Uluma ve hapşırma arasında bir an bile duraklama olmadı
Es gab zwei Kreaturen in der Küche, die nicht niesten
Mutfakta hapşırmayan iki yaratık vardı
Die Köchin war zu beschäftigt, um zu niesen
Aşçı hapşırmak için çok meşguldü
Und die große Katze schien sich nicht an dem Pfeffer zu stören
Ve büyük kedi biberi umursamıyor gibiydi
Stattdessen grinste die große Katze von einem Ohr zum anderen

Bunun yerine, büyük kedi kulaktan kulağa sırıtıyordu
»Bitte, würdest du es mir sagen,« sagte Alice ein wenig schüchtern
"Lütfen bana söyler misin," dedi Alice biraz çekingen bir şekilde
"Warum grinst deine Katze so?"
"Kediniz neden böyle sırıtıyor?"
»Es ist eine Cheshire-Katze,« sagte die Herzogin
"Bu bir Cheshire Kedisi," dedi Düşes
"Und deshalb grinst er von Ohr zu Ohr"
"İşte bu yüzden kulaktan kulağa sırıtıyor"
"Ich wusste nicht, dass eine Cheshire-Katze immer grinst"
"Bir Cheshire Kedisinin her zaman sırıttığını bilmiyordum"
"Eigentlich wusste ich nicht, dass Katzen grinsen können", sagte Alice
"Aslında, kedilerin sırıtabileceğini bilmiyordum," dedi Alice
»Es gibt vieles, was Sie nicht wissen,« sagte die Herzogin
"Bilmediğin çok şey var," dedi Düşes
"Es gibt vieles, was man nicht weiß, und das ist eine Tatsache"
"Bilmediğin çok şey var ve bu bir gerçek"
In diesem Augenblick nahm die Köchin den Kessel mit der Suppe vom Feuer
Tam o sırada aşçı çorba kazanını ateşten aldı
Und sogleich fing sie an, alles in ihre Reichweite zu werfen
Ve bir anda ulaşabileceği her şeyi fırlatmaya başladı
sie warf alles, was sie konnte, auf die Herzogin und das Baby
Düşes'e ve bebeğe atabileceği her şeyi fırlattı
Zuerst warf sie die Feuereisen
Önce ateş demirlerini attı
Dann warf sie eine Handvoll Töpfe
Sonra bir avuç tencere fırlattı
und schließlich warf sie die Teller und Schüsseln
Ve sonunda tabakları ve tabakları fırlattı
Die Herzogin nahm keine Notiz von ihr
Düşes onu hiç dikkate almadı

Selbst als sie von einem Teller getroffen wurde, machte sie sich keine Sorgen
Bir tabak tarafından vurulduğunda bile endişelenmedi
Das Baby heulte schon so viel
bebek zaten çok fazla uluyordu
Es war also unmöglich zu sagen, ob die Schläge das Baby verletzt haben oder nicht
Bu yüzden darbelerin bebeğe zarar verip vermediğini söylemek imkansızdı
"Oh, gib bitte acht, was du tust!" rief Alice
"Ah, lütfen ne yaptığına dikkat et!" diye bağırdı Alice
und sie sprang in Todesangst des Entsetzens auf und ab
Ve dehşet içinde bir aşağı bir yukarı zıpladı
die Herzogin bot Alice das Baby an
Düşes, Alice'e bebeği teklif etti
»Hier! Du kannst das Kind ein wenig stillen, wenn du willst!«
"İşte! İstersen bebeği biraz emzirebilirsin!"
Und sie schleuderte das Kind nach ihr, während sie sprach
Ve konuşurken bebeği ona fırlattı
"Ich muss gehen und mich darauf vorbereiten, mit der Königin Krocket zu spielen"
"Gidip kraliçeyle kroket oynamaya hazırlanmalıyım"
und sie eilte aus dem Zimmer
Ve aceleyle odadan çıktı
Alice fing das Baby mit einiger Mühe auf
Alice bebeği biraz zorlukla yakaladı
weil es ein sehr seltsam geformtes kleines Wesen war
Çünkü çok tuhaf şekilli küçük bir yaratıktı
Und das Kind streckte seine Arme und Beine nach allen Richtungen aus
Ve bebek kollarını ve bacaklarını her yöne uzattı
"Das Kind nehme ich lieber mit!" dachte Alice
"Bu çocuğu yanımda götürsem iyi olur," diye düşündü Alice
"Sie werden dieses Baby sicher in ein oder zwei Tagen töten"
"Bu bebeği bir veya iki gün içinde öldürecekleri kesin"

"Wäre es nicht Mord, dieses Baby zurückzulassen?"
"Bu bebeği geride bırakmak cinayet olmaz mıydı?"
Sie sprach die letzten Worte laut aus
Son sözleri yüksek sesle söyledi
Und das kleine Ding grunzte als Antwort
Ve küçük şey cevap olarak homurdandı
"Du verwandelst dich am besten nicht in ein Schwein,
meine Liebe!" sagte Alice
"Domuza dönüşmesen iyi eder, sevgilim," dedi Alice
"sonst habe ich nichts mehr mit dir zu tun"
"yoksa seninle daha fazla işim olmayacak"
Alice fing eben an, bei sich selbst zu denken:
Alice kendi kendine düşünmeye başlamıştı:
»Nun, was soll ich mit diesem Geschöpf anfangen, wenn ich
es nach Hause bringe?«
"Şimdi, onu eve getirdiğimde bu yaratıkla ne yapacağım?"
Aber dann grunzte das kleine Geschöpf ein wenig heftig
Ama sonra küçük yaratık biraz şiddetle homurdandı
und Alice sah ihm erschrocken ins Gesicht
ve Alice biraz telaşla adamın yüzüne baktı
Diesmal konnte es keinen Irrtum geben
Bu sefer bunda bir hata olamazdı
Es war nicht mehr und nicht weniger als ein Schwein
bir domuzdan ne fazla ne de eksikti
Da setzte sie das kleine Geschöpf ab
Bu yüzden küçük yaratığı yere koydu
und das kleine Geschöpf trabte leise in den Wald hinein
Ve küçük yaratık sessizce ormana doğru yürüdü
Alice war ziemlich erleichtert, als sie die Kreatur
verschwinden sah
Alice, yaratığın gittiğini görünce oldukça rahatlamış hissetti
Alice erschrak ein wenig, als sie die Cheshire-Katze sah
Alice, Cheshire Kedisi'ni görünce biraz şaşırdı
Er saß auf einem Ast eines Baumes, ein paar Meter entfernt
Birkaç metre ötede bir ağacın dalında oturuyordu
Die Katze grinste nur, als sie sie sah
Kedi onu gördüğünde sadece sırıttı

»Cheshire-Katze,« begann Alice etwas schüchtern
"Cheshire kedisi," diye başladı Alice, oldukça çekingen bir şekilde
»Würden Sie mir bitte sagen, welchen Weg ich von hier aus einschlagen soll?«
"Lütfen bana buradan hangi yoldan gitmem gerektiğini söyler misin?"
"In diese Richtung", sagte die Katze
"O yönde," dedi kedi
Und er fuchtelte mit der rechten Pfote herum
Ve sağ pençesini salladı
"In dieser Richtung lebt ein Hutmacher"
"Bu yönde bir şapka yapımcısı yaşıyor"
Und dann winkte die Katze mit der anderen Pfote
Ve sonra kedi diğer pençesini salladı
"Und in dieser Richtung wohnt ein Märzhase"
"Ve o yönde bir yürüyüş tavşanı yaşıyor"
»Besuchen Sie, wen Sie wollen; Sie sind beide verrückt"
"İstediğin birini ziyaret et; İkisi de deli"
»Aber ich will nicht unter Verrückte gehen«, bemerkte Alice
"Ama ben delilerin arasına girmek istemiyorum," dedi Alice
"Ach, dafür kannst du nicht helfen!" sagte die Katze
"Ah, buna engel olamazsın," dedi Kedi
"Wir sind alle verrückt hier"
"Burada hepimiz deliyiz"
"Spielst du heute Krocket mit der Queen?"
"Bugün kraliçeyle kroket mi oynuyorsun?"
"Das würde ich sehr gerne!" sagte Alice
"Çok isterim," dedi Alice
"aber ich bin noch nicht eingeladen worden"
"ama henüz davet edilmedim"
"Du wirst mich dort sehen!" sagte die Katze
"Beni orada göreceksin," dedi Kedi
Und von einem Augenblick auf den anderen verschwand die Katze
Ve bir andan diğerine kedi ortadan kayboldu
bald kam Alice in Sichtweite des Hauses des Märzhasen

kısa süre sonra Alice, yürüyüş tavşanının evini gördü
Das war ein sehr großes Haus
Burası çok büyük bir evdi
Alice wollte also nicht in die Nähe des Hauses gehen
bu yüzden Alice evin yanına gitmek istemedi
Zuerst musste sie noch etwas von dem linken Stück Pilz knabbern
Önce sol taraftaki mantar parçasından biraz daha kemirmesi gerekiyordu

Eine verrückte Teeparty
Çılgın bir çay partisi

Vor dem Haus stand ein Baum
Evin önünde bir ağaç vardı
Und unter dem Baum stand ein Tisch
Ve ağacın altında bir masa vardı
und der Tisch war mit allerlei Besteck gedeckt
Ve masa her türlü çatal bıçak takımı ile kuruldu
Der Märzhase und der Hutmacher saßen bei Tisch
Mart tavşanı ve şapkacı masadaydı
und zusammen tranken sie Tee
Ve birlikte çay içiyorlardı
Ein Siebenschläfer saß zwischen ihnen
Aralarında bir fındık faresi oturuyordu
und der Siebenschläfer schlief fest
Ve fındık faresi derin bir uykudaydı
Der Tisch war von außergewöhnlicher Größe
Masa olağanüstü büyüklükteydi
Aber der größte Teil des Tisches war unbesetzt
Ancak masanın çoğu boştu
Sie saßen dicht gedrängt an einer Ecke des Tisches
Masanın bir köşesinde kalabalık bir şekilde oturdular
und doch entschuldigten sie sich, als sie Alice sahen
ve yine de Alice'i gördüklerinde bahaneler uydurdular
»Kein Platz! Kein Platz!« schrien sie
"Yer yok! Yer yok!" diye bağırdılar
»Es ist viel Platz!« sagte Alice entrüstet
"Bol bol yer var!" dedi Alice kızgınlıkla
An einem Ende des Tisches stand ein großer Sessel
Masanın bir ucunda büyük bir koltuk vardı
und Alice setzte sich in den Sessel
ve Alice koltuğa oturdu
Der Hutmacher riss die Augen weit auf
Şapkacı gözlerini kocaman açtı
Er konnte nicht glauben, was er da sah
Gördüklerine inanamadı
aber sein Geist war neugierig auf andere Dinge

Ama aklı başka şeyleri merak ediyordu
»Warum ist ein Rabe wie ein Schreibtisch?«
"Bir kuzgun neden yazı masası gibidir?"
Alice war offen für die Herausforderung
Alice bu meydan okumaya açıktı
"Ich bin froh, dass sie angefangen haben, Rätsel zu stellen"
"Bilmeceler sormaya başladıklarına sevindim"
»Ich glaube, das kann ich erraten«, fügte sie laut hinzu
"Bunu tahmin edebileceğime inanıyorum," diye ekledi yüksek sesle
Der Märzhase wurde neugierig auf Alice
Yürüyen tavşan Alice'i merak etmeye başladı
"Glaubst du wirklich, dass du die Antwort finden kannst?"
"Gerçekten cevabı bulabileceğinizi düşünüyor musunuz?"
»Ich glaube, ich kann die Antwort finden,« sagte Alice
"Sanırım cevabı gerçekten bulabilirim," dedi Alice
»Dann sollst du sagen, was du meinst,« fuhr der Märzhase fort
"O zaman ne demek istediğini söylemelisin," diye devam etti yürüyüş tavşanı
»Ich sage, was ich meine,« erwiderte Alice hastig
"Ne demek istediğimi söylüyorum," diye yanıtladı Alice aceleyle.
"Zumindest meine ich ernst, was ich sage"
"en azından ne dediğimi kastediyorum"
"Das ist dasselbe, weißt du"
"Bu aynı şey, biliyorsun"
Auch der Siebenschläfer trug zu dem Gespräch bei
Fındık faresi de sohbete katkıda bulundu
Aber der Siebenschläfer schien im Schlaf zu sprechen
Ama fındık faresi uykusunda konuşuyor gibiydi
"Ich atme, wenn ich schlafe"
"Uyuduğumda nefes alıyorum"
"Ich schlafe, wenn ich atme!"
"Nefes aldığımda uyurum!"
"Man könnte genauso gut sagen, dass sie auch gleich sind"
"Onların da aynı olduğunu söyleyebilirsiniz"

"So ist es auch bei dir!" sagte der Hutmacher
"Seninle de aynı şey geçerli," dedi şapkacı
und er goß ein wenig Tee über die Nase des Siebenschläfers
Ve fındık faresinin burnuna biraz çay döktü
Das Murmelthier schüttelte ungeduldig den Kopf
Fındık Faresi sabırsızlıkla başını salladı
Und wieder sprach das Murmelmaus, ohne die Augen zu öffnen
Ve fındık faresi yine gözlerini açmadan konuştu
"Natürlich, natürlich ist es dasselbe"
"Tabii ki, tabii ki aynı"
"Das wollte ich ja auch sagen"
"sadece kendim söyleyeceğim şey buydu"

Der Hutmacher wandte sich an Alice und stellte eine weitere Frage
Şapkacı Alice'e döndü ve başka bir soru sordu
"Hast du das Rätsel schon erraten?"
"Bilmeceyi henüz tahmin ettin mi?"
"Nein, ich gebe auf", gab Alice zu
"Hayır, pes ediyorum," diye kabul etti Alice
"Was ist die Antwort?", wollte sie wissen
"Cevap nedir?" diye sordu
»Ich habe nicht die geringste Ahnung,« sagte der Hutmacher

"En ufak bir fikrim yok," dedi şapkacı
"Ich weiß es auch nicht!" sagte der Märzhase
"Ben de bilmiyorum," dedi yürüyüş tavşanı
Alice stieß einen müden Seufzer aus
Alice yorgun bir iç çekti
"Es gibt eine bessere Nutzung der Zeit als Rätsel ohne Antworten"
"Zamanın, cevapsız bilmecelerden daha iyi kullanımları vardır"
»Trinken Sie noch etwas Tee,« sagte der Märzhase sehr ernst zu Alice
"Biraz daha çay iç," dedi yürüyüş tavşanı Alice'e büyük bir ciddiyetle
Alice war ziemlich beleidigt über das Angebot
Alice bu teklife oldukça gücenmişti
»Ich habe noch keinen Tee getrunken,« erwiderte Alice
"Henüz çay içmedim," diye yanıtladı Alice
"Deshalb kann ich keinen Tee mehr trinken"
"bu yüzden daha fazla çay içemiyorum"
»Du meinst, weniger Tee kannst du nicht haben«, sagte der Hutmacher
"Yani daha az çay içemezsin," dedi şapka yapımcısı
"Es ist sehr einfach, mehr als nichts zu nehmen"
"Hiç yoktan fazlasını almak çok kolay"
Bei diesen Worten erhob sich Alice und ging fort
Bunun üzerine Alice ayağa kalktı ve yürüdü
Der Siebenschläfer schlief augenblicklich ein
Fındık faresi anında uykuya daldı
und keiner der andern nahm die geringste Notiz davon, daß sie ging
Ve diğerleri de onun gidişine en ufak bir dikkat çekmedi
obwohl sie ein- oder zweimal zurückblickte
Bir ya da iki kez geriye bakmasına rağmen
Sie versuchten, den Siebenschläfer in die Teekanne zu stecken
Fındık faresini çaydanlığın içine koymaya çalışıyorlardı
"Jedenfalls werde ich nie wieder dorthin gehen!" sagte Alice

"Her halükarda, oraya bir daha asla gitmeyeceğim!" dedi Alice
Und sie ging ihren Weg durch den Wald
Ve ormanda yoluna devam etti
"Das war die dümmste Teeparty, auf der ich je war"
"Bu şimdiye kadar bulunduğum en aptalca çay partisiydi"
Gerade als sie das sagte, bemerkte sie etwas
Tam bunu söylerken bir şey fark etti
Einer der Bäume hatte eine Tür, die direkt hineinführte
Ağaçlardan birinin tam içine açılan bir kapısı vardı
»Das ist sehr interessant!« dachte sie
"Bu çok ilginç!" diye düşündü
"Ich denke, ich kann genauso gut durch die Tür gehen"
"Sanırım ben de kapıdan geçebilirim"
Und durch die Tür ging sie
Ve kapıdan içeri girdi
Wieder befand sie sich in der langen Halle
Bir kez daha kendini uzun koridorda buldu
Wieder stand sie dicht an dem kleinen Glastisch
Yine küçük cam masaya yakındı
Sie nahm den kleinen goldenen Schlüssel
Küçük altın anahtarı aldı
und sie schloß die Tür auf, die in den Garten führte
Ve bahçeye açılan kapının kilidini açtı
Dann machte sie sich daran, an dem Pilz zu knabbern
Sonra mantarı kemirerek işe koyuldu
Sie hatte ein Stück des Pilzes in ihrer Tasche aufbewahrt
Mantarın bir parçasını cebinde tutmuştu
Und schließlich war sie etwa einen Meter groß
Ve sonunda yaklaşık bir metre boyundaydı
dann ging sie den kleinen Korridor hinunter
Sonra küçük koridorda yürüdü
**Und dann fand sie sich endlich in dem schönen Garten
wieder**
Ve sonunda kendini güzel bahçede buldu
**Und sie war zwischen den hellen Blumen und den kühlen
Springbrunnen**
Ve o, parlak çiçeklerin ve serin çeşmelerin arasındaydı

Der Krocketplatz der Königinnen

Kraliçenin kroket zemini

Ein großer Rosenstrauch stand in der Nähe des Eingangs des Gartens

Bahçenin girişine yakın bir yerde büyük bir gül ağacı duruyordu

Die Rosen, die an dem Baum wuchsen, waren weiß

Ağaçta yetişen güller beyazdı

aber es waren drei Gärtner, die die Rose bemalten

Ama gülü boyayan üç bahçıvan vardı

Sie waren damit beschäftigt, die Rosen rot zu färben

Gülleri kırmızıya boyamakla meşguldüler

und Alice sah zu, wie sie die Rosen rot färbten

ve Alice onların gülleri kırmızıya boyamasını izliyordu

und plötzlich fielen ihre Augen zufällig auf Alice

ve aniden gözleri tesadüfen Alice'e takıldı

Alice sprach ein wenig schüchtern

Alice biraz çekingen bir şekilde konuştu

»Würden Sie es mir bitte sagen?«

"Bana söyler misin lütfen;"

"Warum malt ihr alle diese Rosen?"

"Neden hepiniz o gülleri boyuyorsunuz?"

Fünf und Sieben sagten nichts, sondern sahen zwei an

Beş ve yedi hiçbir şey söylemedi, ama ikisine baktı

zwei Sprecher, mit leiser Stimme

iki kişi kısık bir sesle konuştu

»Nun, die Sache ist die, sehen Sie, gnädige Frau.«

"Neden, gerçek şu ki, görüyorsunuz hanımefendi"

"Das hier hätte ein roter Rosenstrauch sein sollen"

"Burası kırmızı bir gül ağacı olmalıydı"

"Und wir haben aus Versehen einen weißen Rosenstrauch hineingesetzt"

"Ve yanlışlıkla beyaz bir gül ağacı koyduk"

"Wie Sie mir zustimmen würden, darf die Königin es nicht herausfinden"

"Kabul edeceğiniz gibi, kraliçe öğrenmemeli"

"Sonst würden wir uns allen die Köpfe abschneiden"

"Aksi takdirde hepimizin kafası kesilirdi"
"Sie sehen also, gnädige Frau, wir tun unser Bestes"
"Görüyorsunuz hanımefendi, elimizden gelenin en iyisini
yapıyoruz"
Karte fünf hatte ängstlich über den Garten geschaut
Beşinci kart endişeyle bahçeye bakıyordu.
In diesem Augenblick rief die fünfte Karte: "Die Königin!
Die Königin!"
O anda beşinci kart seslendi, "Kraliçe! Kraliçe!"
und die drei Gärtner eilten augenblicklich davon
Ve üç bahçıvan hemen koşarak uzaklaştı
und sie warfen sich flach auf ihre Gesichter
ve kendilerini yüzüstü yere attılar
Man hörte das Geräusch vieler Schritte
Birçok ayak sesi duyuldu
Alice sah sich um, begierig darauf, die Königin zu sehen
Alice kraliçeyi görmek için sabırsızlanarak etrafına bakındı
Am Anfang des Zuges standen zehn Soldaten
Alayın başında on asker vardı
Ihre Hände und Füße waren in den Ecken
Elleri ve ayakları köşelerdeydi
und in ihren Händen und Füßen waren Keulen
ve ellerinde ve ayaklarında sopalar vardı
Als nächstes kamen die zehn Höflinge
Sonra on saray mensubu geldi
die Höflinge waren über und über mit Diamanten
geschmückt
Saray mensuplarının her tarafı elmaslarla süslenmişti
Nach den Höflingen kamen die königlichen Kinder
Saray mensuplarından sonra kraliyet çocukları geldi
Es waren zehn der königlichen Kinder
Kraliyet çocuklarından on tane vardı
und alle königlichen Kinder waren mit Herzen geschmückt
ve tüm kraliyet çocukları kalplerle süslendi
Dann kamen die Gäste; Meist Könige und Königinnen
Sonra misafirler geldi; Çoğunlukla krallar ve kraliçeler
und unter den Königen und Königinnen sah Alice jemanden

ve krallar ve kraliçe Alice arasında birini gördü
Sie sah wieder das weiße Kaninchen, das sie gejagt hatte
Kovaladığı beyaz tavşanı tekrar gördü
Der Prozession folgte der Spitzbube der Herzen
Alay, kalplerin knave'sini takip etti
Er trug die Krone des Königs
Kralın tacını taşıyordu
und die Krone des Königs lag auf einem purpurnen Samtkissen
Ve kralın tacı kıpkırmızı kadife bir minder üzerindeydi
Und dann kam das Ende dieser großen Prozession
Ve sonra bu büyük alayın sonu geldi
Und da waren am Ende der König und die Königin der Herzen
Ve sonunda Kupaların Kralı ve Kraliçesi vardı
der Zug kam Alice gegenüber
alay Alice'in karşısına geldi
Und alle blieben stehen und sahen sie an
Ve hepsi durdu ve ona baktı
Und die Königin sprach streng: "Wer ist das?"
Kraliçe sert bir sesle, "Bu kim?" diye sordu.
Sie sagte es zum Herzknaben
Bunu Kalplerin Knave'sine söyledi
aber er verbeugte sich nur und lächelte als Antwort
Ama o sadece eğildi ve cevap olarak gülümsedi
Alice sprach sehr höflich
Alice çok kibar bir şekilde konuştu
"Mein Name ist Alice, also bitte, Eure Majestät"
"Benim adım Alice, bu yüzden lütfen majesteleri"
Aber sie hatte andere Gedanken für sich
Ama kendine başka düşünceleri vardı
"Es ist doch nur ein Kartenspiel!"
"Ne de olsa onlar sadece bir deste kart!"
»Kannst du Krocket spielen?« rief die Königin
"Kroket oynayabilir misin?" diye bağırdı kraliçe
Die Frage war offenbar an Alice gerichtet
Soru belli ki Alice içindi

"Ja!" sagte Alice laut
"Evet!" dedi Alice yüksek sesle
"Komm also spielen!" brüllte die Königin
"Gel o zaman oyna!" diye kükredi kraliçe
sprach eine schüchterne Stimme zu Alice
ürkek bir ses Alice'e konuştu
"Es ist ein sehr schöner Tag!"
"Çok güzel bir gün!"
Sie ging an dem weißen Kaninchen vorbei
Beyaz tavşanın yanından geçiyordu
und das weiße Kaninchen guckte ihr ängstlich ins Gesicht
ve Beyaz Tavşan endişeyle onun yüzünü gözetliyordu
»ein sehr schöner Tag,« bestätigte Alice
"Gerçekten çok güzel bir gün," diye onayladı Alice
»Wo ist die Herzogin?«
"Düşes nerede?"
»Still! Still!" sagte das Kaninchen
"Şş Sus!" dedi Tavşan
"Sie ist zum Tode verurteilt"
"İdam cezası altında"
»Wofür wird sie hingerichtet?« fragte Alice
"Ne için idam ediliyor?" diye sordu Alice
"Sie hat der Königin die Ohren abgewetzt", begann das Kaninchen
"Kraliçenin kulaklarını ovuşturdu," diye başladı tavşan
schrie die Königin mit Donnerstimme
Kraliçe gök gürültüsü gibi bir sesle bağırdı
"Ran an eure Plätze!"
"Yerlerinize gidin!"
Und die Leute rannten in alle Richtungen herum
Ve insanlar her yöne koşmaya başladılar
Und sie fielen alle aneinander
Ve hepsi birbirine çarptı
Sie hatten sich jedoch in ein oder zwei Minuten beruhigt
Ancak bir veya iki dakika içinde yerleştiler
Und dann begann das Spiel
Ve sonra oyun başladı

Alice hatte noch nie einen so merkwürdigen Krocketplatz gesehen
Alice hiç bu kadar ilginç bir kroket zemini görmemişti
Das Gras bestand nur aus Graten und Furchen
Çimlerin hepsi sırtlar ve oluklardı
Die Krocketbälle waren echte Igel
Kroket topları gerçek kirpiydi
und die Schlägel waren echte Flamingos
Ve tokmaklar gerçek flamingolardı.
und die Soldaten standen auf Händen und Füßen
Askerler elleri ve ayakları üzerinde durdular
weil die Bögen aus ihren Körpern gemacht wurden
Çünkü kemerler vücutlarından yapılmıştır
Die Spieler spielten alle gleichzeitig
Oyuncuların hepsi aynı anda oynadı
Niemand wartete, bis er an der Reihe war
Kimse sırasını beklemedi
und jeder stritt sich mit jedem
Ve herkes herkesle kavga etti
und alle kämpften für die Igel
Ve hepsi kirpi için savaşıyordu
Bald geriet die Königin in eine wütende Leidenschaft
Kısa süre sonra Kraliçe öfkeli bir tutku içindeydi
Und sie fing an, herumzustampfen und zu schreien
Ve etrafta dolaşmaya ve bağırmaya başladı
»Hacken Sie ihm den Kopf ab!«
"Kafasını kes!"
"Hack ihr den Kopf ab!"
"Kafasını kes!"
"Hackt ihnen alle Köpfe ab!"
"Bütün kafalarını kes!"
Wieder dachte Alice bei sich.
Alice bir kez daha kendi kendine düşündü
"Sie lieben es schrecklich, hier Menschen zu enthaupten"
"Buradaki insanların kafasını kesmeyi çok seviyorlar"
"Das große Wunder ist, dass überhaupt noch jemand am Leben ist!"

"En büyük mucize, hayatta kalan birinin olması!"
Sie sah sich nach einem Ausweg um
Bir kaçış yolu arıyordu
Sie bemerkte eine merkwürdige Erscheinung in der Luft
Havada meraklı bir görünüm fark etti
»Es ist die Cheshire-Katze,« sagte sie zu sich selbst
"Bu Cheshire kedisi," dedi kendi kendine
"Jetzt habe ich jemanden, mit dem ich reden kann"
"şimdi konuşacak birileri olacak"
"Wie geht es dir?" fragte die Katze
"Nasılsın?" dedi kedi
»Ich glaube nicht, daß sie ganz und gar fair spielen«, sagte Alice
"Hiç de adil bir şekilde oynadıklarını düşünmüyorum," dedi Alice
Und sie hatte einen ziemlich klagenden Ton
Ve oldukça şikayetçi bir ses tonu vardı
"Sie streiten sich alle so fürchterlich"
"Hepsi çok korkunç bir şekilde kavga ediyor"
"Man hört sich selbst nicht sprechen"
"İnsan kendini konuştuğunu duyamıyor"
"Und sie scheinen sich nicht an irgendwelche Regeln zu halten"
"Ve herhangi bir kurala göre oynamıyor gibi görünüyorlar"
die Katze stellte Alice mit leiser Stimme eine Frage
kedi Alice'e kısık bir sesle bir soru sordu
"Wie gefällt dir die Königin?"
"Kraliçeyi nasıl buldun?"
»Ich mag sie gar nicht,« sagte Alice
"Ondan hiç hoşlanmıyorum," dedi Alice

Alice dachte, sie könnte genauso gut zurückgehen
Alice geri dönebileceğini düşündü
Sie wollte sehen, wie das Spiel läuft
Oyunun nasıl gittiğini görmek istedi
Sie machte sich auf die Suche nach ihrem Igel
Kirpisini aramak için yola çıktı
Der Igel war damit beschäftigt, gegen einen anderen Igel zu kämpfen
Kirpi başka bir kirpi ile savaşmakla meşguldü
Das war eine ausgezeichnete Gelegenheit
Bu mükemmel bir fırsattı
Sie konnte einen Igel mit dem anderen krocketen
Bir kirpiyi diğeriyle kroketleyebilirdi
Aber ihr Flamingo war auf der anderen Seite des Gartens
Ama flamingosu bahçenin diğer tarafındaydı
Der Flamingo war ziemlich tollpatschig
Flamingo oldukça beceriksizdi
Ihr Flamingo versuchte, gegen einen Baum zu fliegen
Flamingo köpeği bir ağaca doğru uçmaya çalışıyordu

Sie packte den Flamingo am Bein
Flamingoyu bacağından yakaladı
Und sie schob sich den Flamingo unter den Arm
Ve flamingoyu kolunun altına soktu
So konnte der Flamingo nicht mehr entkommen
Bu şekilde flamingo bir daha kaçamazdı
In diesem Augenblick traf Alice zufällig die Herzogin
Tam o sırada Alice düşesle tanıştı
Die Herzogin war nun aus dem Gefängnis entlassen worden
Düşes artık hapisten çıkmıştı
Sie schob ihren Arm liebevoll unter Alices Arm
Kolunu sevgiyle Alice'in kolunun altına soktu
Und dann gingen sie zusammen fort
Ve sonra birlikte yürüdüler
Alice war sehr froh, sie in so angenehmer Laune zu finden
Alice, onu bu kadar hoş bir huyda bulduğu için çok mutluydu
Sie erschrak jedoch ein wenig
Ancak biraz şaşırmıştı
Sie hörte die Stimme der Herzogin dicht an ihrem Ohr
Düşesin sesini kulağına yakın bir yerde duydu
"Du denkst über etwas nach, meine Liebe"
"Bir şey düşünüyorsun canım"
"Und das lässt dich das Reden vergessen"
"Ve bu sana konuşmayı unutturuyor"
»Das Spiel geht jetzt etwas besser«, sagte Alice
"Oyun şimdi daha iyi gidiyor," dedi Alice
Es war eine Möglichkeit, das Gespräch am Laufen zu halten
Sohbeti devam ettirmenin bir yoluydu
»So ist es,« sagte die Herzogin
"Gerçekten de öyle," dedi Düşes
"Und die Moral davon ist folgende."
"Ve bundan çıkarılacak ders şudur:"
"Es ist die Liebe, die alles macht!"
"Her şeyi yapan aşktır!"
"Liebe ist das, was die Welt bewegt"
"Aşk, dünyayı döndüren şeydir"
Alice hatte eine andere Erklärung

Alice'in başka bir açıklaması vardı
**"Das macht jeder, der sich um seine eigenen
Angelegenheiten kümmert!"**
"Bu, herkesin kendi işine bakması tarafından yapılır!"
»Ah, gut! Du könntest Recht haben"
"Ah, peki! Haklı olabilirsin"
»Es bedeutet alles ziemlich dasselbe,« sagte die Herzogin
"Hepsi aynı anlama geliyor," dedi Düşes
und sie grub ihr spitzes kleines Kinn in Alices Schulter
ve keskin küçük çenesini Alice'in omzuna soktu
"Und die Moral davon ist folgende"
"Ve bunun ahlaki yönü şudur"
"Kümmere dich um die Sinne"
"Duyuya iyi bak"
"Und dann erledigen sich die Klänge von selbst"
"Ve sonra sesler kendi başının çaresine bakacak"
Aber dann fing der Arm der Herzogin an zu zittern
Ama sonra düşesin kolu titremeye başladı
Alice blickte auf und da stand die Königin
Alice başını kaldırdı ve kraliçe orada duruyordu
Die Königin hatte die Arme verschränkt
Kraliçe kollarını kavuşturmuştu
Und sie runzelte die Stirn wie ein Gewitter!
Ve bir fırtına gibi kaşlarını çattı!
»Ich warne dich!« schrie die Königin
"Seni adil bir şekilde uyarıyorum," diye bağırdı kraliçe
Und sie stampfte auf den Boden, während sie sprach
Ve konuşurken yere bastı
"Entweder dein Kopf oder ihr Kopf muss ausgeschaltet sein"
"Ya senin kafan ya da onun kafası kapalı olmalı"
"Treffen Sie Ihre Wahl!"
"Seçimini yap!"
"Und beeilen Sie sich"
"Ve bu konuda hızlı olun"
Die Herzogin traf ihre Wahl
Düşes seçimini yaptı
und in einem Augenblick war die Herzogin verschwunden

Ve bir dakika içinde düşes gitti
Da sprach die Königin zu Alice
Sonra kraliçe Alice ile konuştu
"Weiter geht's mit dem Spiel"
"Hadi oyuna devam edelim"
Alice war zu erschrocken, um ein Wort zu sagen
Alice tek kelime edemeyecek kadar korkmuştu
und langsam folgte sie ihrem Rücken zum Krocketplatz
Ve yavaşça onu kroket alanına kadar takip etti
Die ganze Zeit stritt sich die Dame mit den anderen Spielern
Bütün zaman boyunca kraliçe diğer oyuncularla tartıştı
»Hacken Sie ihm den Kopf ab!«
"Kafasını kes!"
"Hack ihr den Kopf ab!"
"Kafasını kes!"
"Hackt ihnen alle Köpfe ab!"
"Bütün kafalarını kes!"
Bald waren alle Spieler in Gewahrsam
Kısa süre sonra tüm oyuncular gözaltına alındı
nur der König, die Königin und Alice blieben zurück
sadece kral, kraliçe ve Alice kaldı
Da ging die Königin, ganz außer Atem
Sonra kraliçe nefes nefese kaldı
und sie ging mit Alice fort
ve Alice ile birlikte uzaklaştı
Alice hörte, wie der König leise etwas sagte
Alice, kralın sessizce bir şeyler söylediğini duydu
"Ihr seid alle begnadigt"
"Hepiniz affedildiniz"
aber plötzlich hörte man einen neuen Schrei
Ama aniden başka bir çığlık duyuldu
"Der Prozess beginnt!"
"Duruşma başlıyor!"
und Alice lief mit den andern
ve Alice de diğerleriyle birlikte koştu

Wer hat die Torten gestohlen?
Turtaları kim çaldı?
Der Herzkönig und die Herzkönigin saßen
Kalplerin kralı ve kraliçesi oturuyordu
sie saßen auf ihrem Thron, als Alice ankam
Alice geldiğinde tahtlarındaydılar
Eine große Menschenmenge war um sie herum versammelt
Etraflarında büyük bir kalabalık toplanmıştı
Es gab allerlei kleine Vögel und Bestien
Her türden küçük kuş ve canavar vardı
Und da war das ganze Kartenspiel
Ve bütün bir kart destesi vardı
Der Spitzbube stand in Ketten vor ihnen
Soylu önlerinde zincire vurulmuş duruyordu
und auf jeder Seite war ein Soldat, der ihn bewachte
ve her iki yanında onu korumak için bir asker vardı
in der Nähe des Königs war das weiße Kaninchen
Kralın yanında beyaz tavşan vardı
Er hatte eine Trompete in der einen Hand
Bir elinde trompet vardı
Und in der andern Hand hielt er eine Pergamentrolle
Diğer elinde bir parşömen tomarı vardı
In der Mitte des Platzes stand ein Tisch
Avlunun tam ortasında bir masa vardı
Auf dem Tisch stand eine große Schüssel mit Torten
Masanın üzerinde büyük bir tabak turta vardı
**"Ich wünschte, sie würden den Prozess zu Ende bringen",
dachte Alice**
"Keşke denemeyi bitirselerdi," diye düşündü Alice
"Dann könnten wir etwas von diesen Erfrischungen essen!"
"O zaman o içeceklerden biraz yiyebiliriz!"

Der Richter war übrigens der König
Bu arada yargıç kraldı
und er trug seine Krone über seiner großen Perücke
Ve tacını büyük peruğunun üzerine taktı
»Das ist die Loge der Geschworenen!« dachte Alice
"İşte jüri kutusu," diye düşündü Alice
"Und diese zwölf Geschöpfe, ich nehme an, sie sind die Geschworenen"
"ve bu on iki yaratık, sanırım onlar jüri üyeleri"
einige waren Tiere, andere waren Vögel
Bazıları hayvandı, bazıları kuştu
In diesem Augenblick schrie das weiße Kaninchen auf
Tam o sırada beyaz tavşan bağırdı

"Schweigen im Gericht!"
"Mahkemede sessizlik!"
»Herold, lesen Sie die Anklage!« sagte der König
"Müjdeci, suçlamayı oku!" dedi kral
Das weiße Kaninchen blies drei Stöße auf die Trompete
Beyaz tavşan trompette üç patlama yaptı
dann entrollte er die Pergamentrolle
Sonra parşömen parşömenini açtı
Und er las folgendes:
Ve şöyle okudu:
"Die Königin der Herzen, sie hat ein paar Torten gebacken."
"Kalplerin kraliçesi, biraz turta yaptı"
"All das tat sie an einem Sommertag"
"Bütün bunları bir yaz gününde yaptı"
"Der Schurke der Herzen, er hat diese Torten gestohlen"
"Gönüllerin ustası, o turtaları çaldı"
"Und er hat diese Torten weit weg gebracht!"
"Ve o turtaları çok uzaklara götürdü!"
»Rufen Sie den ersten Zeugen,« sagte der König
"İlk tanığı çağırın," dedi kral
und das weiße Kaninchen blies drei Stöße auf die Trompete
Ve beyaz tavşan trompette üç patlama yaptı
»Bringt den ersten Zeugen!« rief er
"İlk tanığı getirin!" diye bağırdı
Der erste Zeuge war der Hutmacher
İlk tanık şapka yapımcısıydı
Er kam mit einer Teetasse in der einen Hand herein
Bir elinde çay fincanı ile içeri girdi
Und in der anderen Hand hatte er ein Stück Brot und Butter
Diğer elinde de bir parça ekmek ve tereyağı vardı
»Du hättest fertig sein sollen,« sagte der König
"Bitirmeliydin," dedi Kral
"Wann hast du angefangen?"
"Ne zaman başladın?"
Der Hutmacher schaute sich den Märzhasen an
Şapkacı yürüyüş tavşanına baktı
Der Märzhase war ihm in den Hof gefolgt

Mart tavşanı onu mahkemeye kadar takip etmişti
Er war Arm in Arm mit dem Siebenschläfer gegangen
Fındık faresi ile kol kola yürümüştü
»Ich glaube, es war der vierzehnte März«, sagte er
"Sanırım Mart'ın on dördüydü," dedi
»Geben Sie Ihre Aussage,« sagte der König
"Kanıtını ver," dedi kral
"Und sei nicht nervös, sonst lasse ich dich auf der Stelle hinrichten"
"ve gergin olma, yoksa seni oracıkta idam ettiririm"
Das schien den Zeugen überhaupt nicht zu ermutigen
Bu, tanığı hiç cesaretlendirmiyor gibi görünüyordu
Er rutschte immer wieder von einem Fuß auf den anderen
Bir ayağından diğerine geçmeye devam etti
und er sah die Königin unruhig an
Ve huzursuz bir şekilde kraliçeye baktı
und in seiner Verwirrung biß er ein großes Stück aus seiner Teetasse
Ve şaşkınlık içinde çay fincanından büyük bir parça ısırdı
Eigentlich wollte er von seinem Brot und seiner Butter beißen
Gerçekten ekmeğinden ve tereyağından ısırmak istedi
In diesem Augenblick fühlte Alice eine sehr merkwürdige Empfindung
Tam o anda Alice çok tuhaf bir his hissetti
Sie fing an, wieder größer zu werden
Tekrar büyümeye başlamıştı
Der unglückliche Hutmacher ließ seine Teetasse fallen
Sefil şapkacı çay fincanını düşürdü
und das Brot und die Butter fielen zu Boden
Ve ekmek ve tereyağı yere düştü
und er fiel auf die Knie
Ve tek dizinin üzerine çöktü
»Ich bin ein armer Mann, Eure Majestät,« begann er
"Ben fakir bir adamım, majesteleri," diye başladı
»Du bist ein sehr schlechter Redner,« sagte der König
"Sen çok kötü bir konuşmacısın," dedi kral

»Du darfst gehen,« sagte der König
"Gidebilirsin," dedi kral
und der Hutmacher verließ eilig den Hof
Ve şapkacı aceleyle mahkemeyi terk etti
»Rufen Sie den nächsten Zeugen her!« sagte der König
"Bir sonraki tanığı çağırın!" dedi kral
Der nächste Zeuge war die Köchin der Herzogin
Bir sonraki tanık düşesin aşçısıydı
Sie trug die Pfefferdose in der Hand
Biber kutusunu elinde taşıyordu
Und die Leute in der Nähe der Tür fingen auf einmal an zu niesen
Ve kapının yanındaki insanlar bir anda hapşırmaya başladılar
»Geben Sie Ihre Aussage,« sagte der König
"Kanıtını ver," dedi kral
»Ich will nichts beweisen,« sagte die Köchin
"Hiçbir kanıt sunmayacağım," dedi aşçı
Der König sah das weiße Kaninchen ängstlich an
Kral endişeyle beyaz tavşana baktı
Und das weiße Kaninchen sprach mit leiser Stimme
Ve beyaz tavşan sakin bir sesle konuştu
"Eure Majestät müssen diesen Zeugen ins Kreuzverhör nehmen"
"Majesteleri bu tanığı çapraz sorguya çekmelidir"
»Nun, wenn ich muß, so muß ich,« sagte der König
"Eh, eğer yapmam gerekiyorsa, yapmalıyım," dedi kral
"Woraus bestehen Torten?"
"Turtalar neyden yapılır?"
»Torten werden meistens aus Pfeffer gemacht«, sagte die Köchin
"Turtalar çoğunlukla biberden yapılır," dedi aşçı
Einige Minuten lang war der ganze Hof in Verwirrung
Birkaç dakika boyunca tüm mahkeme şaşkınlık içindeydi
Schließlich ließen sie sich alle wieder nieder
Sonunda hepsi tekrar yerleşti
Aber da war die Köchin schon verschwunden
Ama o zamana kadar aşçı ortadan kaybolmuştu

»Macht nichts!« sagte der König

"Boş ver!" dedi kral

"Rufen Sie den nächsten Zeugen in den Zeugenstand"

"Bir sonraki tanığı kürsüye çağırın"

Alice beobachtete das weiße Kaninchen, wie es an der Liste herumfummelte

Alice, listeyi karıştırırken beyaz tavşanı izledi

Sie können sich vorstellen, wie überrascht sie war, als sie das hörte, was sie als nächstes hörte

Daha sonra duyduklarına şaşırdığını tahmin edebilirsiniz

Mit lauter schriller kleiner Stimme rief er den Namen »Alice!«

tiz küçük sesinin zirvesinde "Alice!" adını çağırdı.

Alices Beweise
Alice'in kanıtı

»Hier!« rief Alice
"İşte!" diye bağırdı Alice
Sie sprang in großer Eile auf
Büyük bir aceleyle ayağa fırladı
und sie kippte die Geschworenenloge um
Ve jüri locasını devirdi
und sie warf alle Geschworenen um
Ve tüm jüri üyelerini devirdi
und sie fielen auf die Köpfe der Menge unten
ve aşağıdaki kalabalığın başlarına düştüler
Alice war in großer Bestürzung
Alice büyük bir dehşet içindeydi
»Oh, ich bitte um Verzeihung!« rief sie aus
"Ah, özür dilerim!" diye bağırdı
»Der Prozeß kann nicht fortgesetzt werden,« sagte der König
"Dava devam edemez," dedi kral
"Die Geschworenen müssen wieder an ihre angestammten Plätze zurückkehren"
"Jüri üyeleri yerli yerlerine dönmeli"
Er wiederholte den Befehl mit großem Nachdruck
Emri büyük bir vurguyla tekrarladı
und er sah Alice streng an
ve Alice'e sert bir şekilde baktı
"Was weißt du über diese Ereignisse?" fragte der König Alice
"Bu olaylar hakkında ne biliyorsun?" diye sordu kral Alice'e
»Ich weiß nichts von der Sache,« sagte Alice
"Bu konuda hiçbir şey bilmiyorum," dedi Alice
Dann las der König aus seinem Buch vor
Kral daha sonra kitabından okudu
"Regel zweiundvierzig"
"Kural kırk iki"
"Alle Personen, die mehr als eine Meile hoch sind, sollen das Gericht verlassen"
"Bir milden daha yüksek olan herkes mahkemeyi terk etmeli"

»Ich bin keine Meile hoch,« sagte Alice
"Bir mil yüksekliğimde değilim," dedi Alice
»Fast zwei Meilen hoch,« sagte die Königin
"Neredeyse iki mil yüksekliğinde," dedi Kraliçe

»Nun, ich weigere mich zu gehen,« sagte Alice
"Eh, gitmeyi reddediyorum," dedi Alice
Der König erbleichte
Kral sarardı
und er schloß hastig sein Notizbuch
Ve not defterini aceleyle kapattı
»Überlegen Sie sich Ihr Urteil«, sagte er zu den
Geschworenen
"Kararınızı düşünün," dedi jüriye
Er sprach mit leiser, zitternder Stimme
Alçak, titreyen bir sesle konuştu
Da sprach das weiße Kaninchen
Sonra beyaz tavşan konuştu
"Es werden noch mehr Beweise kommen"
"Henüz gelecek daha fazla kanıt var"
und er sprang in großer Eile auf
Ve büyük bir aceleyle ayağa fırladı

"Dieses Papier wurde gerade abgeholt"
"Bu kağıt yeni alındı"
"Es scheint ein Brief des Gefangenen zu sein"
"Mahkum tarafından yazılmış bir mektup gibi görünüyor"
Er faltete das Papier auseinander, während er sprach
Konuşurken kağıdı açtı
"Es ist doch kein Brief"
"Sonuçta bu bir mektup değil"
"Was es war, war eine Reihe von Versen"
"Ne olduğu bir dizi ayetti"
»Bitte, Eure Majestät,« sagte der Spitzbube
"Lütfen, majesteleri," dedi usta
"Ich habe diese Verse nicht geschrieben"
"O ayetleri ben yazmadım"
"und sie können nicht beweisen, dass ich etwas geschrieben
habe"
"ve hiçbir şey yazdığımı kanıtlayamazlar"
"Am Ende ist kein Name unterschrieben"
"Sonunda imzalı bir isim yok"
Der König sprach mit dem Spitzbuben
Kral knave ile konuştu
"Du musst vorgehabt haben, Unheil anzurichten"
"Sen bir fitne çıkarmak istemiş olmalısın"
"Sonst hättest du wie ein ehrlicher Mann unterschrieben"
"Aksi takdirde dürüst bir adam gibi imzanızı atardınız"
Es gab ein allgemeines Händeklatschen
Genel bir el çırpma sesi vardı
Und der König wandte sich an das weiße Kaninchen
Kral beyaz tavşana döndü
»Lest die Verse!« befahl er.
"Ayetleri oku" diye emretti
Es herrschte Totenstille im Gerichtssaal
Mahkemede ölü bir sessizlik vardı
und das weiße Kaninchen las die Verse vor
Ve beyaz tavşan ayetleri okudu
Sie sagten mir, du wärst bei ihr gewesen
Bana ona gittiğini söylediler

Und sie erwähnten mich ihm gegenüber
Ve ona benden bahsettiler
Sie gab mir einen guten Charakter
Bana iyi bir karakter verdi
Aber sie sagte, ich könne nicht schwimmen
Ama o yüzme bilmediğimi söyledi
Er ließ ihnen wissen, dass ich nicht gegangen sei
Onlara gitmediğim haberini gönderdi
Wir wissen, dass es wahr ist
Bunun doğru olduğunu biliyoruz
Wenn sie die Sache vorantreiben sollte, was würde aus dir werden?
Meseleyi devam ettirirse, sana ne olur?
Ich gab ihr einen, sie gaben ihm zwei
Ona bir tane verdim, iki tane verdiler
Du hast uns drei oder mehr gegeben
Bize üç veya daha fazlasını verdin
Sie sind alle von ihm zu dir zurückgekehrt
Hepsi ondan sana döndü
obwohl sie vorher meine waren
Daha önce benim olmalarına rağmen
Wenn ich oder sie die Chance haben sollte,
Eğer ben ya da o olma şansım olursa
Wenn ich oder sie in diese Affäre verwickelt wäre
Eğer ben ya da o bu olaya karıştıysam
Er vertraut auf dich, dass du sie befreien wirst
Onları özgür bırakman için sana güveniyor
Genau so wie wir waren
Aynen bizim gibi
Ich hatte den Eindruck, dass Sie
Benim fikrim şuydu: Sen olmuştun
Bevor sie diesen Anfall hatte
Daha önce bu nöbeti geçirdi
Ein Hindernis, das dazwischen kam
Araya giren bir engel
Er und wir und es
O, kendimiz ve o

Lass ihn nicht wissen, dass sie ihr am besten gefallen haben
En çok onları sevdiğini bilmesine izin verme
Denn dies muss für immer ein Geheimnis bleiben, das vor allen anderen verborgen bleibt
Çünkü bu, her zaman diğerlerinden saklanan bir sır olmalıdır
Dieses Geheimnis muss ein Geheimnis zwischen dir und mir bleiben
Bu sır seninle benim aramda bir sır olarak kalmalı
Der König war sehr beeindruckt
Kral çok etkilendi
"Das ist das wichtigste Beweisstück, das wir bisher gehört haben"
"Şimdiye kadar duyduğumuz en önemli kanıt bu"
»Ich glaube nicht, daß diese Verse auch nur ein Atom Bedeutung haben,« wandte Alice ein
"Bu dizelerin bir anlam atomu taşıdığına inanmıyorum," diye itiraz etti Alice
der König hatte seine eigene Meinung zu dieser Angelegenheit
Kralın bu konuda kendi görüşü vardı
"Wenn diese Worte keinen Sinn haben, erspart das eine Menge Ärger"
"Bu kelimelerde bir anlam yoksa, bu bir dünya beladan kurtarır"
"Dann brauchen wir nicht zu versuchen, den Sinn zu finden"
"O zaman anlamı bulmaya çalışmamıza gerek yok"
"Lassen Sie die Geschworenen über ihr Urteil nachdenken"
"Jüri kararını değerlendirsin"
»Nein, nein!« sagte die Königin
"Hayır, hayır!" dedi kraliçe
"Erst die Verurteilung, dann das Urteil"
"Önce ceza, sonra karar"
"Zeug und Unsinn!" sagte Alice laut
"Saçmalık ve saçmalık!" dedi Alice yüksek sesle
"Wie dumm ist es, den Angeklagten zuerst zu verurteilen!"
"Önce sanığı mahkum etmek ne kadar aptalca!"

»Schweige!« sagte die Königin und färbte sich violett an
"Dilini tut!" dedi kraliçe, morararak
"Ich werde nicht den Mund halten!" sagte Alice
"Dilimi tutmayacağım!" dedi Alice
schrie die Königin aus voller Kehle
Kraliçe avazı çıktığı kadar bağırdı
"Hack ihr den Kopf ab!"
"Kafasını kes!"
Niemand machte eine Bewegung
Kimse bir hareket yapmadı
"Wen kümmert es, was du sagst?" sagte Alice
"Ne dediğin kimin umurunda?" dedi Alice
Zu diesem Zeitpunkt war sie bereits zu ihrer vollen Größe
herangewachsen
Bu zamana kadar tam boyutuna ulaşmıştı
"Du bist nichts als ein Kartenspiel!"
"Sen bir deste karttan başka bir şey değilsin!"
Bei diesen Worten hoben sich alle Karten in die Luft
Bunun üzerine tüm kartlar havaya kalktı
und alle Karten flogen auf sie herab

Ve tüm kartlar onun üzerine uçtu
Sie stieß einen kleinen Schrei aus
Küçük bir çığlık attı
Sie war halb erschrocken, aber auch wütend
Yarı korkmuştu ama aynı zamanda kızgındı
Und sie versuchte, sich gegen die Karten zu wehren
Ve kendi üzerindeki kartlarla savaşmaya çalıştı
Und dann fand sie sich auf der Grasbank liegend
Sonra kendini çimlerin kıyısında yatarken buldu
Ihr Kopf lag im Schoß ihrer Schwester
Başı kız kardeşinin kucağındaydı
Einige abgestorbene Blätter waren auf ihrem Gesicht gelandet
Yüzüne bazı ölü yapraklar düşmüştü
und ihre Schwester wischte vorsichtig die Blätter weg
Ve kız kardeşi yaprakları nazikçe fırçalıyordu
»Wach auf, liebe Alice!« sagte die Schwester
"Uyan Alice, canım!" dedi kız kardeşi
"Was für einen langen Schlaf hast du gehabt!"
"Ne kadar uzun bir uyku çektin!"
"Oh, ich habe so einen merkwürdigen Traum gehabt!" sagte Alice
"Ah, çok tuhaf bir rüya gördüm!" dedi Alice
Und sie erzählte ihrer Schwester alles, woran sie sich erinnern konnte
Ve kız kardeşine hatırlayabildiği her şeyi anlattı
all die seltsamen Abenteuer, von denen Sie gerade gelesen haben
Az önce okuduğun tüm garip maceralar
Alice stand auf und rannte davon
Alice ayağa kalktı ve kaçtı
Und während sie lief, dachte sie an ihren Traum
Ve koşarken hayalini düşündü
"Was für ein wunderbarer Traum das gewesen war!"
"Ne harika bir rüyaydı!"

www.ingramcontent.com/pod-product-compliance
Lightning Source LLC
Chambersburg PA
CBHW011046190726
48290CB00011B/3020

* 9 7 8 1 8 3 5 6 6 7 8 8 0 *